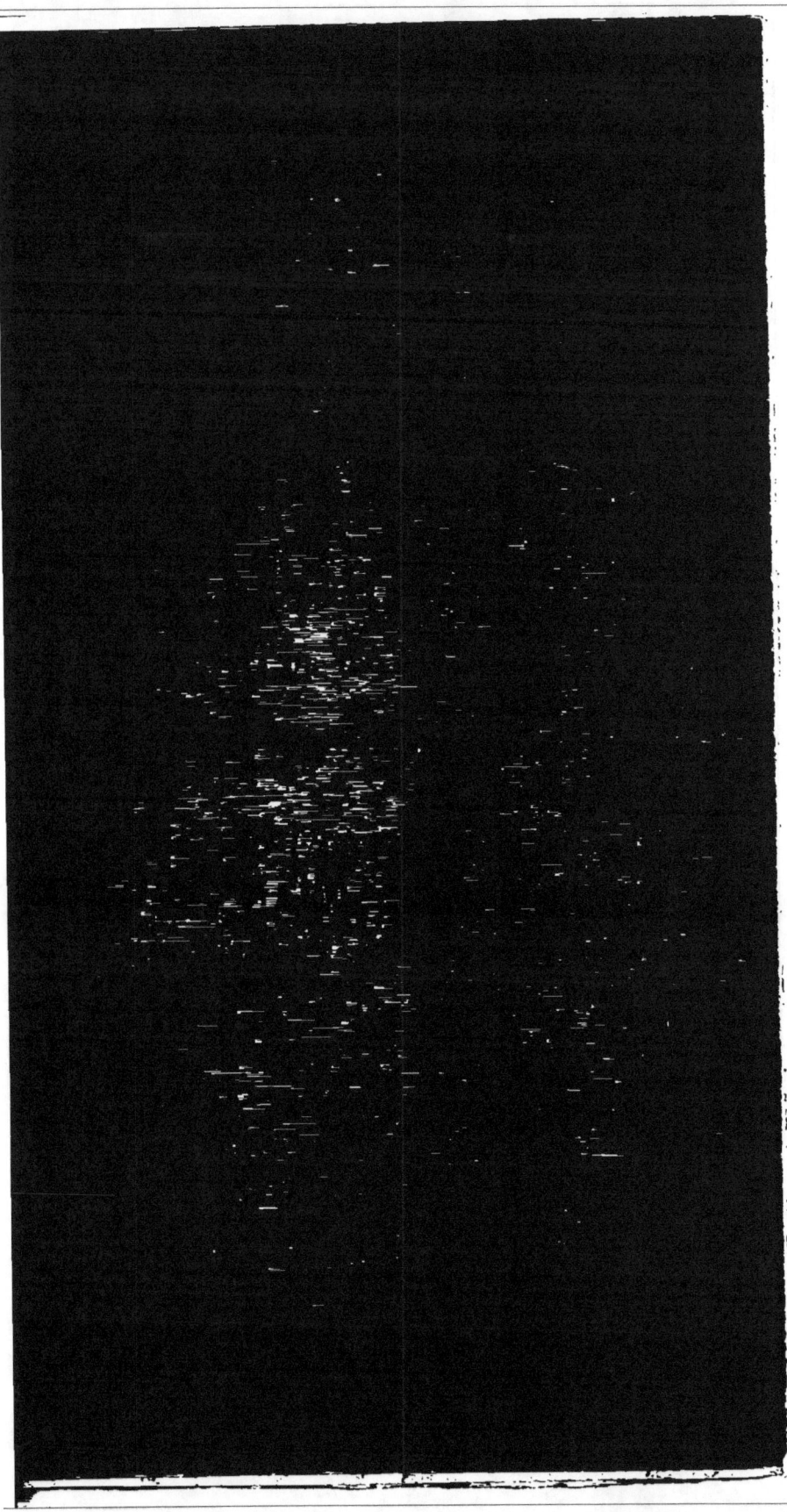

CONTES

ET

NOUVELLES.

Cet ouvrage se trouve aussi chez les libraires
ci-après :

Lecointe et Durey, quai des Augustins, n° 49 ;
Masson, rue Hautefeuille , n° 14 ;
Béchet aîné, quai des Augustins, n° 57 ;
Volland, même quai, n° 17 ;
Delaunay, au Palais-Royal ;
Dondey-Dupré, rue de Richelieu, n° 67.

IMPRIMERIE DE J. MAC CARTHY ,
rue des Petites-Ecuries, n. 47.

COLLECTION

DE

CONTES

ET

NOUVELLES

de Pfeffel.

TRADUITS DE L'ALLEMAND.

TOME V.

A PARIS,

CHEZ L'ÉDITEUR, A LA LIBRAIRIE NATIONALE
ET ÉTRANGÈRE,
Rue Mignon, n° 2, faub. St.-Germain.
1825.

LOUISE.

TABLEAU DE FAMILLE HISTORIQUE.

———◆———

Depuis la fin de la guerre d'Amérique, le baron de C*** vivait à sa terre
de Saint-Julien, située dans une des
vallées romantiques du Dauphiné.
Pendant qu'il combattait sous les
drapeaux de la liberté, la mort lui
avait enlevé son épouse adorée. Cette
perte le détermina à quitter la carrière militaire, où il avait constamment rencontré l'intrigue, et n'avait
obtenu que le grade de colonel, parce qu'il n'avait pas daigné être un
courtisan, et qu'il s'était contenté
d'être un héros. Il immola ainsi les

5.   1

dernières illusions d'une généreuse ambition à ses devoirs de père.

Ses deux enfans étaient dignes de ce sacrifice. Théodore avait acquis à Grenoble, sous la conduite d'un sage mentor, tous les talens, toutes les connaissances qui peuvent faire distinguer un jeune homme de quinze ans, destiné à conserver l'héritage de gloire de son père : il était doué du même courage, de la même noblesse d'âme, et il attendait avec impatience le moment qui devait lui ouvrir la carrière de l'honneur.

Ce moment n'était cependant pas aussi proche qu'il l'espérait : le baron, connaissant les écueils de son état, voulait employer les premières années de son repos à enseigner à son fils les moyens de les éviter. Il détermina le gouverneur de son fils à suivre son élève à la campagne, pour perfectionner son éducation à l'aide des conseils paternels, et empêcher que le ver rongeur des passions, s'attachant à ce fruit d'un long travail, ne vînt à le faire tomber fané de sa tige.

Le colonel, en agissant ainsi, avait un autre but qui ne lui tenait pas moins à cœur, celui de rappeler sa fille, âgée de douze ans, du couvent où elle avait été placée après la mort de sa mère ; et cette aimable fille devait recevoir de l'instituteur de son frère l'instruction que réclamaient ses excellentes dispositions, et que ne pouvait lui offrir l'éducation du couvent.

Le baron qui, depuis trois ans, n'avait pas vu sa Louise, voulut l'aller chercher lui-même. Il la regarda un moment avec une douce émotion lorsqu'elle se présenta au parloir. Il voyait en elle le portrait rajeuni de sa charmante mère, et cette ressemblance mêla quelque amertume à la joie qu'il éprouvait. Elle suivit avec plaisir son père à Saint-Julien, où elle avait passé les premières années de sa vie au près de Théodore; et celui-ci oublia tous ses projets militaires à la vue d'une sœur qu'il chérissait, et dont il était séparé depuis plus de deux ans.

Louise partageait avec son frère toutes les leçons qui n'avaient pas un rapport spécial à sa destination future ; et comme Théodore possédait des noitons suffisantes d'histoire, de géographie, d'histoire naturelle et des beaux-arts, le sage Gilbert les lui fit répéter, en le chargeant d'en donner à son tour des leçons à sa sœur: et, pendant que le père instruisait le jeune homme dans l'art de la

guerre, la jeune fille s'occupait d'ou-
vrages de son sexe, ou peignait des
fleurs et des paysages, en même que
son frère dessinait des forteresses ou
des plans de bataille. Le soir on se
rassemblait autour du piano de Louise ; son frère accompagnait sur le
violon ses accords enchanteurs ; et
souvent le jeune Olivier, fils de l'in-
tendant du château, mêlait les accens de sa flûte à leurs concerts.

Olivier était fils unique, et son
père n'avait rien négligé pour son
éducation. La douceur et la pureté
de ses mœurs le faisaient regarder
comme le fils adoptif de la maison ;
et Théodore, moins âgé que lui de
trois ans, l'aimait comme un frère.

Peu de temps après le retour de
Théodore, de Grenoble, son jeune
ami revint de Genève, patrie de feue
sa mère, où il avait acquis des con-

naissances rares parmi les jeunes gens de sa province, et puisé en même temps cet esprit de liberté qui ennoblit une âme éclairée au même degré qu'il corrompt et dégrade un être brut. Son père qui était dans l'aisance, possédait, hors du village de St.-Julien, une ferme qu'il avait reçue en récompense des services qu'il avait rendus dans un procès dont le gain avait augmenté d'un tiers les revenus de son maître. Cette ferme était destinée en dot à son fils, qui bornait son ambition à la vie indépendante de cultivateur, dont il avait vu tant de tableaux enchanteurs dans ses courses sur les montagnes de l'Helvétie.

Le baron, qui savait apprécier la façon de penser du jeune philosophe, le destinait à être le compagnon de son fils; car il voulait que Théodore,

avant d'entrer dans le monde, visitât
sous la conduite de son instituteur,
les contrées les plus intéressantes de
la France et de la Suisse. « Si votre
fils, disait Gilbert, après avoir visité
les plus belles villes de sa patrie,
après avoir admiré les somptueuses
merveilles de Paris et de Versailles,
trouve encore du goût pour les scènes que la nature lui offrira en Helvétie, et pour les mœurs simples de
ses bergers, son éducation sera dès-
lors achevée. Il visitera l'Allemagne,
l'Angleterre, la pompeuse Italie,
lorsque l'âge aura mûri son jugement, et qu'il pourra se guider lui-
même sans courir le risque de mal
voir ou de s'égarer. Il lui faudra,
d'ailleurs, interrompre de temps à autre la vie uniforme du soldat ; et le
compte qu'il devra vous rendre de
ses voyages offrira une nouvelle

jouissance pour votre cœur paternel. »

Théodore passa trois années sous le toit de son père avant que son mentor se fût décidé à exécuter la seconde partie de son plan d'éducation. La dernière année avait été consacrée à la lecture des *vies des hommes illustres de Plutarque*, et d'une série de traités philosophiques qui lui présentaient l'éternelle vérité dans toute sa pureté, dégagée de l'entourage pédantesque des écoles, et des subtilités des songe-creux; ces leçons étaient écoutées avec autant d'avidité par la sœur que par le frère. Olivier prenait quelquefois part à ces instructions, mais plus souvent aux conversations que l'instituteur faisait naître, soit au coin du feu, soit à la promenade; et Gilbert eut alors de fréquentes occasions d'admirer l'esprit éclairé et les prin-

cipes du jeune homme. Il apprit
toutefois à l'aimer et à l'estimer encore davantage dans le voyage de
six mois qu'ils firent ensemble en
France et en Suisse; et dans toutes
ses lettres au baron, il le félicitait de
l'idée qu'il avait eue de le donner
pour compagnon à son fils. Le journal d'Olivier était lu par le colonel
et sa fille avec autant de plaisir que
les lettres mêmes de Théodore, dont
le coloris était, il est vrai, plus bril-
lant, mais le dessin moins correct.

Le retour de nos voyageurs fut cé-
lébré comme une fête de famille,
où le viel Olivier et son fils furent
traités comme les plus proches parens. Louise y remplit l'emploi enchanteur d'Hébé, et aurait pu servir de modèle à un Corrège pour
peindre cette déesse. Au dessert, on
n'oublia pas le mets le plus agréable

d'une réunion sans étiquette; et la charmante fille surprit la société par une chanson analogue à la circonstance, qu'elle avait composée sur un des plus jolis airs de Grétry.

Une variété non interrompue de plaisirs domestiques paraissait renouveler chaque jour cette fête sous une forme différente : Elle ne fut interrompue que par le départ de Théodore pour son régiment. Son père voulut le présenter lui-même à ses anciens compagnons d'armes, et le recommanda à la tutelle morale d'un vieux capitaine qui, comme Bayard, était sans peur et sans reproche.

Le baron eut, peu de temps après son retour, l'occasion de récompenser l'amitié du respectable Gilbert de la seule manière qui convenait à son cœur, et qui était l'unique moyen de le fixer pour toujours auprès de lui. Gilbert était prêtre : il avait ju'qu'ici refusé toutes fonctions publiques, par goût pour les sciences, et pour une vie indépendante, et s'était contenté d'un petit bénéfice que lui avait donné l'évêque de Grenoble, sans qu'il le lui eût jamais demandé. La cure de St.-Julien, qui était à la nomination du baron, de vint vacante ; il l'offrit à son ami, qui l'accepta avec plaisir, non parce qu'elle était d'un produit assez considérable, mais parce qu'elle lui offrait l'agréable perspective d'étendre sa sphère d'activité philantropique dans le voisinage de son ami.

Louise fut enchantée de cet arrangement. L'estime et la reconnaissance avaient étroitement attaché son cœur à cet excellent homme, qu'elle regardait comme un second père, dont la société promettait à son esprit, avide de savoir, encore bien des instructions utiles. Gilbert se fit un devoir bien doux de remplir son attente, et les soirées de l'hiver suivant furent consacrées à la lecture des auteurs classiques français. Le baron assistait régulièrement à ces leçons, et mêlait des observations remplies de goût à celles de son ami. Il fit plus, il enseigna à sa fille la langue anglaise, qu'il avait apprise dans sa jeunesse et qu'il s'était rendue tout-à-fait familière pendant son séjour en Amérique. Il n'allait que rarement à la ville, et Louise l'y accompagnait plus rarement encore. Elle avait toujours un combat à soutenir contre elle - même, lorsqu'il s'agissait de quitter, ne fût-ce que pendant un seul jour, sa bienheureuse solitude. Son père évitait à sa fille toute liaison avec la noblesse campagnarde du voisinage, à l'égard de laquelle il se renfermait lui - même dans les strictes bornes de la politesse. Cette manière de vivre retirée lui valut, il est vrai, le surnom d'ermite; mais il était si rassasié du monde, il trouvait dans Louise et dans Gilbert un si riche dédommagement de ce qu'il pouvait lui offrir, qu'il regardait ce sobriquet comme un titre d'honneur.

Il y avait bientôt deux ans que Théodore était absent, et les nouvelles que son père recevait de sa conduite ne lui laissaient que le seul désir de le serrer de nouveau sur son cœur. Ce souhait ne tarda pas à être exaucé; Théodore obtint un congé pour tout l'hiver, et vola dans les bras paternels avec la joyeuse impatience d'un cœur où les passions n'ont point étouffé les sentimens de la tendresse filiale. Louise, quoique préparée à son arrivée, ne put cependant modérer les excès de sa joie. Malgré la présence de l'étranger qui accompagnait son frère, elle se jeta à son cou avec l'aimable impétuosité d'une fille de la nature ; elle pleurait et riait en même temps ; elle ne voyait que lui, et dans son délire elle ne s'apercevait même pas qu'elle empêchait son père de se précipiter sur le sein de son fils. Eh ! eh ! mon enfant, s'écria à la fin le baron, en les serrant tous les deux dans ses bras, je vois bien que pour embrasser le frère, il me faudra aussi embrasser la sœur. » Ce reproche, fait d'un ton qui le transformait en une tendre caresse, la rendit à elle-même. Elle quitta son frère, et ce ne fut qu'alors qu'elle aperçut l'étranger que cette scène avait tellement ému, qu'il ne put saluer le père et la fille que par une inclination muette.

Louise baissa les yeux, et un regard du père semblait demander à Théodore quel était son compagnon. « Mon père, c'est le marquis de Vermont, mon camarade et mon ami; il se reposera quelques jours chez nous, pour aller trouver ensuite, au sein de sa famille, ce que je viens de trouver dans la mienne. » La confusion de Louise avait augmenté l'éclat de ses charmes; les larmes de joie qui brillaient sur ses joues relevèrent le brûlant incarnat qui venait de les animer subitement, et doublèrent le feu de ses grands yeux noirs. Louise était une beauté plutôt touchante qu'éblouissante; sa figure avait une expression que n'aurait pu lui donner des traits plus réguliers. Un aveugle-né, rendu à la lumière, eût, sur dix physionomies plus éclatantes, reposé de préféren-ce ses yeux sur la sienne, parce qu'elle était l'image d'une âme, et non une pièce d'académie. Sa taille noble et svelte n'avait pas été façon-née par un élève de Therpsycore, et tout son port était empreint de cette grâce indéfinissable qui rappelle à l'œil du connaisseur les formes grec-ques, dont les artistes modernes ne réussissent que très-rarement à nous offrir de bonnes copies. Une pareille figure, placée dans le dernier plan d'un tableau, en deviendrait l'objet principal : combien devait-elle inté-téresser le jeune Vermont qui la voyait pour la première fois dans un moment aussi solennel ! Elle s'était emparée de toutes les facultés de son âme ; et si cette figure magique n'eût été qu'une illusion, il n'eût jamais pardonné à son ami de l'avoir réveillé de son extase.

Le marquis était fils d'un général retiré en Bourgogne; il avait reçu à Dijon une éducation distinguée, et n'était jamais allé visiter son père dans ses terres, qu'aux époques des vacances. Une fille de la nature, qui ne portait ni houlette ni faucille, chez laquelle l'éducation, à l'exemple d'un sage jardinier, s'était bornée à la culture, sans chercher à bouleverser le terrain où elle voulait semer, devait lui sembler un être nouveau. Elle lui inspirait un sentiment tout particulier de vénération qui, cependant, l'attirait plutôt vers elle qu'il ne l'en tenait éloigné; et pendant les six jours qu'il avait passés au château, il regardait comme perdu chaque instant où il ne voyait pas Louise. Il cacha cependant à son ami la pro-

5.

2

fonde impression que sa sœur avait
faite sur lui; et ce silence, qui n'é-
tait pas celui de la timidité, prenait
sa source dans le plus pur sentiment
d'honneur. Son père avait formé le
projet de le marier à une riche héri-
tière. Il ne l'avait encore vue qu'une
seule fois, et son cœur ne lui avait
parlé ni pour ni contre elle. Il lui
parla d'autant plus haut pour Louise;
mais il savait trop bien à quel point
l'ambitieux général tenait à l'idée de
relever, par une riche alliance, la
splendeur éteinte de sa maison, pour
oser se permettre de confier à son
ami une inclination contrariée par
un obstacle aussi puissant. Il ne s'en
fortifia que davantage dans la résolution qu'il avait prise de tout tenter
pour anéantir ce projet, et prévenir
son père en faveur d'un objet qu'il
ne croyait pas payer assez cher par

le sacrifice de tous les trésors de la terre.

Louise avait atteint sa dix-huitième année sans connaître l'amour. Son père, son frère et le respectable Gilbert occupaient son cœur tout entier. Le jeune Olivier ne paraissait plus que rarement au château; il vivait en cultivateur philosophe à la ferme de son père ; mais chaque fois qu'elle le voyait, elle le traitait avec cette douce bienveillance que méritait l'ami de son frère, et avec les égards que son père témoignait lui-même à son excellent caractère. Olivier n'était pas dépourvu d'agrémens extérieurs ; la noble énergie de son âme se lisait dans tous les traits de son beau visage, dont la fraîcheur n'avait jamais été altérée par le souffle empoisonné du vice. Mais sa naissance jetait sur toutes ces qualités

un voile sur lequel les yeux de Louise
ne se reposaient jamais assez long-
temps pour le pénétrer; et lui, de
son côté, sans considérer la fille de
son maître comme un être supérieur,
l'envisageait cependant comme un
être étranger avec lequel il ne pouvait communiquer que de loin. Le
sentiment nouveau que Vermont
avait éveillé dans l'âme de Louise
n'était pas de l'amour; mais cet intérêt qui devient de l'amour lorsqu'il
se voit partagé. La vigilance que cet
estimable jeune homme exerçait sur
lui-même avait à peine suffi à lui cacher qu'il était partagé, et la veille
de son départ il aurait presque perdu
tout le fruit de sa victoire. Louise
venait de jouer quelques sonates; son
frère et Olivier l'avaient accompa-
gnée de leurs instrumens. On pressa
le marquis de se faire également en-

tendre sur le piano. Il joua quelques ariettes de Gluck, qui produisirent sur Louise l'effet qu'elles doivent produire sur toutes les âmes sensibles. Pendant ce temps Théodore, ayant fouillé dans la musique de sa sœur, y trouva le touchant duo d'adieux de l'opéra de *Félix*. « Il faut que tu chantes cela avec ma sœur, » dit-il à son ami, dont la voix agréable avait été applaudie la veille par la société. Louise ne connaissait pas ces minauderies qui déparent si souvent le talent; elle accepta la proposition, et Vermont ne se fit pas prier davantage. L'expression de son chant devint plus sentimentale, son émotion augmentait à chaque phrase, et sa voix s'éteignit au mot répété d'adieu. Louise se trompa, et ne se remit que pour quelques momens. Vermont chercha en vain à rentrer en mesure ; son trouble devenait de plus en plus visible , et bientôt Louise se vit également obligée de s'arrêter.

« Ton idée ne valait rien, dit alors le baron à son fils : au moment d'une séparation il faut s'égayer par des airs joyeux, » et il commença lui-même à entamer l'air si connu : *Où peut-on être mieux*. Olivier et Théodore l'accompagnèrent d'abord , et bientôt Louise et le marquis se réunirent à eux. Ce dernier se remit enfin tout-à-fait ; il fut tout le reste de la soirée d'une gaîté qui, paraissant sans contrainte, influa sensiblement sur la jeune personne. Comme il devait partir le lendemain à la pointe du jour , il fit en se retirant ses adieux à Louise ; elle lui souhaita en rougissant un bon voyage, et eut bien de la peine à étouffer le soupir qui était prêt à accompagner son souhait.

Vermont écrivit plusieurs fois à Théodore, et noublia sa sœur dans aucune de ses lettres; il en parlait chaque fois avec les expressions de la plus haute estime. Théodore lui communiquait toujours ces passages, et désirait souvent en lui-même que son ami se permît un langage plus tendre. Il ne savait pas qu'une main puissante retenait sa plume, et ne se doutait pas du combat qu'il devait livrer à son cœur pour choisir les expressions propres à le rappeler au souvenir de Louise. Il se consolait cependant par l'idée que la femme que lui destinait son père avait à peine atteint sa quatorzième année. Qui sait, se dit-il en lui-même, si elle m'aime, si ma froideur ne l'éloignera pas; et alors il sera temps de nommer à mon père l'unique femme à laquelle je puisse donner mon cœur avec ma main.

Les derniers mois de l'hiver que Théodore avait passés dans la maison paternelle n'avaient pas été tranquilles. La province était en fermentation, et demandait hautement le rétablissement de ses états. Ses vœux furent satisfaits; on procéda aux élections, et le baron, qui s'était prononcé avec une mâle énergie pour la liberté de son pays, se vit forcé de quitter sa paisible solitude pour assister aux états comme député de la noblesse; mais bientôt les affaires publiques prirent un aspect plus imposant. Le roi, pour remédier aux innombrables abus sous le poids desquels gémissait son peuple, convoqua les états-généraux; et pendant que les vrais patriotes en espéraient

le retour de l'ordre et le bonheur
public, la Discorde alluma ses flam-
beaux, et une horde de cannibales
qui se paraient aussi du nom de patriotes, aiguisait ses poignards.

A peine le rideau qui devait nous
offrir la représentation de ce drame
effroyable était-il levé, que Théodore
reçut l'ordre de rejoindre son régiment à Toulon. Son éloignement fit
d'autant plus de peine à Louise,
qu'elle se trouvait en même temps,
et souvent pendant des semaines en-
tières, privée de la société de son
père. Mais Gilbert lui procura bientôt une occupation dont elle n'avait
eu jusqu'ici aucune idée, qui d'a-
bord ne lui servait qu'à remplir
quelques heures de la journée, mais
à laquelle elle trouva ensuite un véritable délassement. « Vous êtes ci-
toyenne de l'état, lui dit-il un jour ;

5.   3

les intérêts de la patrie ne doivent pas vous rester étrangers. Pour vous mettre à même d'en juger avec discernement, nous allons lire ensemble les principaux chapitres de l'*Esprit des Lois* de l'immortel Montesquieu, et le *Contrat social* de Rousseau, que tant de nos réformateurs citent si souvent, et que si peu comprennent. »

Cette occupation instructive fut souvent interrompue par les premières éruptions du volcan mugissant. On pillait, on brûlait aussi les châteaux dans le Dauphiné, on y tourmentait, on en chassait les nobles. Le colonel ne fut point inquiété ; ses paysans, dont il était le père, préservèrent sa personne et ses propriétés de la rage effrénée des brigands. Il lui sembla cependant prudent de passer l'hiver suivant avec sa fille à Grenoble, où les troubles paraissaient être apaisés. Il confia à son ami Gilbert le soin de la conservation de ses propriétés, et il n'aurait en effet pu leur donner un gardien plus sûr et plus redoutable. Les paysans vénéraient leur pasteur, dont les exhortations avaient sur eux un grand empire; car les menées des anarchistes n'avaient pas encore rompu la sainte digue de la religion.

Le séjour de la ville n'eut pas beaucoup de charme pour Louise; elle était trop accoutumée aux scènes tranquilles de la vie champêtre, et aux doux plaisirs de la vie domestique, pour trouver du goût aux dissipations du grand monde. Le spectacle, où elle avait été quelquefois lorsqu'elle était plus jeune, avait perdu tous ses attraits pour elle.

« J'aime bien mieux, disait-elle à son père, lire dans ma chambre la pièce annoncée. Mérope est alors toujours pour moi Mérope, Electre toujours Electre. Et si je considère que la même personne qui représente aujourd'hui Zaïre ou la Rosière, sera chargée demain du rôle de la méprisable Rosine, ou même de celui du page espiègle de la farce de Beaumarchais, mon illusion est alors détruite. Lorsque je pense enfin que je ne pourrais me trouver à la même table avec cette Zaïre ou cette Rosine sans perdre ma réputation, il se mêle une sensation pénible à l'admiration que je voudrais éprouver pour leurs talens. — Tu es une visionnaire, lui dit son père; le plaisir ne doit pas être analysé ainsi; il faut en jouir comme d'un bon repas, pendant lequel on ne pense ni à la

cuisine ni au cuisinier. — Il faut
seulement me permettre alors, reprit-elle, de préférer mon lait et mes
fruits à un pareil festin. » Elle ne
s'amusait pas davantage au bal et
aux redoutes auxquels elle était in-
vitée ; elle les comparait à une foire
où, moyennant un écu par tête, on
vendait l'ennui sous le nom de plaisir.

« Je préfère mille fois les fêtes
champêtres de la moisson ou nos
fêtes patronales ; nos danses y sont
animées par un plaisir sans art, sans
apprêts, qui nous fait croire qu'Or-
phée inspire son charme au crin-crin
et au haut-bois de nos musiciens de
village. » C'est ainsi que pensait
Louise ; il n'est pas question ici de
décider si elle avait raison. Il nous
suffit de savoir qu'elle pensait ainsi,
et il faut bien lui pardonner cette

lubie et d'autres singularités de son caractère.

La santé chancelante du vieil Olivier obligea le baron de retourner à la campagne le printemps suivant, pour se charger lui-même de l'administration de ses biens, dont le revenu avait diminué de plus de moitié. Le fils de cet honnête serviteur l'y seconda avec zèle, et sa vigilance fit constamment évanouir les projets des agitateurs, dont les excès se multipliaient de jour en jour. L'abolition de la noblesse avait augmenté leur audace; la prudence du baron, qui ne voulait point adhérer aux protestations inutiles de quelques-uns de ses voisins, et encore moins céder à leurs invitations d'émigrer, sauva cette fois encore ses propriétés, et lui procura tout le repos dont pouvait alors jouir le paisible citoyen dans ce bouleversement général.

Le colonel était un de ces philosophes rares qui ne se doutent pas qu'ils sont philosophes. Sans approuver au fond de son cœur la marche de la révolution, il était cependant persuadé que les lois qui le privaient des prérogatives de sa naissance ne pouvaient lui ôter sa noblesse d'âme ; et son séjour en Amérique avait tellement rectifié ses idées sur ce point, qu'il ne se croyait rien moins que déchu par la destruction d'une barrière qui avait si souvent empêché le vrai mérite de prendre son essor. Il n'avait, au reste, jamais fait partie des favoris de cour, qui, en perdant leurs titres, avaient perdu en même temps toutes leurs prétentions aux bienfaits de l'état ; et en se démettant de son grade militaire, il n'avait conservé d'autre ambition que le desir sincère de remplir ses devoirs. d'homme privé et de citoyen. Sous l'égide de la nouvelle constitution, il espérait augmenter les revenus qui lui restaient, et finir ses jours dans l'espoir consolant d'un avenir plus heureux.

Louise, qui aurait dû se contenter d'une faible dot, devait aujourd'hui partager avec son frère; et cette disposition de la nouvelle législation eût suffi pour réconcilier ce tendre père avec le renversement du système féodal, qui privait une grande partie des filles de nobles, en France, des droits sacrés de la nature. Théodore avait une façon de penser trop noble, il aimait trop sa sœur pour lui envier ce bénéfice de la loi : il lui en témoigna, au contraire, sa joie, et eût, dans tous les cas, fait de plus grands sacrifices encore pour le bon-

heur de sa sœur, qu'il savait bien
être sa meilleure amie.

Le congé qu'avait obtenu, en
1791, ce jeune homme d'un esprit
déjà si solide et si mûr, fournit à son
père plus d'une occasion d'observer
avec la plus douce satisfaction son
excellent caractère, ainsi que ses talens militaires. Son ami Vermont ne
l'avait pas accompagné cette fois-ci ;
il avait changé de régiment, et Théodore ne recevait que rarement de ses
lettres ; mais il lui parlait toujours
dans les termes les plus touchans de
son père et de sa sœur. Son souvenir
n'était pas indifférent à Louise ; cependant l'impression qu'avait faite
sur elle sa première apparition s'était
effacée peu à peu : les événemens
orageux qui avaient eu lieu, les soins
domestiques, et même son goût ardent pour l'instruction, avaient ga-

ranti son cœur d'un besoin qui pénètre , il est vrai , plus rarement
dans la solitude, mais qui y maintient
bien mieux la domination qu'au milieu des dissipations du monde.

La guerre appela Théodore à l'armée. Son père qui , la première fois,
l'avait vu retourner sans douleur à
son poste , laissa alors tomber une
larme sur ses joues. « Mon fils , lui
dit - il , la patrie t'appelle ; il faut
obéir à sa voix lors-même qu'elle
nous traite en marâtre ; il est beau
de la forcer à se repentir. Nous lui
avons fait de grands sacrifices ; je
n'ai pas besoin de te nommer celui
qui lui en a fait un plus grand. Nous
avons été long-temps les enfans gâtés
de cette patrie ; beaucoup d'entre
nous ont abusé de sa faveur, et elle
l'a retirée à tous. Nous pouvons
l'obliger , à force de vertus et de

courage, à faire enfin une différence
entre ses véritables enfans et ceux
qui ne le sont pas. Une seule voix
doit retentir dans ton âme plus haut
que la sienne; c'est celle de l'honneur. Il serait cruel si ces deux voix
étaient jamais en opposition entre
elles; mais j'espère que nous ne ver-
rons jamais une pareille époque. »
Louise se jeta dans les bras de son
frère : on eût dit qu'elle s'en sépa-
rait pour toujours. Il s'arracha à ses
caresses, et s'élança sur son cheval :
alors il lui tendit encore une fois la
main , et un profond soupir accompagna l'ardent baiser qu'il imprima
sur la sienne.

Théodore alla rejoindre son régiment dans les Pays-Bas , où il se distingua dans plusieurs occasions. Le
vieux capitaine auquel son père l'a-
vait recommandé lui en adressa des

félicitations. « Je croyais, lui écri-
vit-il après la bataille de Jemmappes,
je croyais voir son père bravant le
canon de Yorkstown, et se frayer,
à travers les traits de la mort, le chemin des retranchemens ennemis. Ce
n'est que lorsqu'il vit couler mon
sang qu'il quitta son poste pour me
relever de terre, et aider à me porter sur les derrières. » La blessure
que ce brave militaire avait reçue au
pied, et qui d'abord n'avait pas paru
dangereuse, s'enflamma au bout de
quelques jours ; et pendant que le
colonel goûtait encore le plaisir dont
il avait rempli son cœur paternel, il
reçut de Théodore la nouvelle de sa
mort. Ce bon jeune homme le re-
grettait comme un fils regrette un
père.

Les terribles événemens qui eurent
lieu l'année suivante avaient trans-

formé la France en un immense ci-
metière, et forcé un grand nombre
de ses défenseurs d'abandonner l'armée, dans la cruelle incertitude où
ils étaient s'ils combattaient pour ou
contre la patrie : ces événemens firent également une impression profonde sur le cœur sensible de Théodore, et cette impression était d'autant plus puissante, qu'il n'avait plus
auprès de lui l'ami auquel il eût pu
confier les doutes qui le tourmen-
taient. Il eût préféré à toute chose
de quitter le service, mais il ne pouvait le faire sans permission, et on la
lui aurait certainement refusée. L'é-
migration lui eût fermé pour jamais
les portes de sa patrie, et l'eût privé
du bonheur de se retrouver au sein
de sa famille, que sa démarche eût
exposée d'ailleurs à toutes les vexa-
tions du gouvernement révolution-

naire. Il résolut enfin, après bien des combats intérieurs, de saisir la première occasion favorable pour se confier à son père, et lui demander ses conseils ; mais un événement imprévu le força bientôt à ne prendre conseil que de lui-même.

Un jour qu'il commandait un avant-poste, quelques - uns de ses soldats avaient commis des excès dans un village ; son honneur et les lois sur la discipline militaire lui faisaient un devoir de les punir : il ordonna d'arrêter les coupables. Leurs camarades s'y refusèrent ; un sergent mutin et intrigant leur cria : « Combien de temps voulez-vous encore obéir à un traître d'aristocrate ? » Théodore indigné se précipita l'épée à la main sur le séditieux ; il s'ensuivit un combat inégal, et le malheureux jeune homme fut forcé de chercher son salut dans la fuite.

Les ennemis n'étaient campés qu'à un quart de lieue de là : il fut arrêté par une de leurs patrouilles, et conduit devant l'officier-commandant. « Vous êtes un émigré ? » lui demanda celui-ci. Théodore, d'une voix étouffée, lui répondit : « Oui. » Car il ne savait que trop que la scène qui venait d'avoir lieu lui fermait à jamais le retour à son régiment, et que s'il s'annonçait comme prisonnier de guerre, son échange pourrait se faire attendre long-temps, et entraînait, dans tous les cas, sa mise en jugement devant un conseil de guerre. Sur sa réponse, il lui fut permis de se rendre au quartier-général. Il y demanda un passe-port pour la Suisse, d'où il espérait pouvoir se rapprocher de son père, et attendre le dénouement de cette grande

tragédie. Il s'arrêta quelques mois à
Lucerne : sa bourse était épuisée, et
il ne recevait point de nouvelles de
son père, qu'il avait fait instruire de
son sort par un négociant. Ce silence
lui causa une inquiétude mortelle ;
il se rendit à pied à Morges, espé-
rant pouvoir de là faire passer une
lettre à sa famille par la voie de Genève. Pendant son dernier voyage
il s'était arrêté quelques jours dans
cette ville, et y avait fait connaissance
avec les parens de son ami Olivier:
il écrivit à l'un d'eux, qui lui promit,
dans les termes les plus touchans,
de faire parvenir une lettre à son
père. Saint-Julien était à peine à
vingt lieues de Genève, et les relations commerciales de cette ville avec
la France, quoique entravées, n'é-
taient cependant pas entièrement in-
terrompues.

Quinze jours n'étaient point encore expirés, que Théodore reçut une lettre de son bon père; elle ne contenait que des paroles d'amour et de consolation. « Je ne te fais aucun reproche, lui disait-il : à ton âge, et dans ta position, j'eusse peut-être agi comme toi. Donne-moi quelquefois de tes nouvelles, mais que ce soit avec la plus grande circonspection. » Cette lettre contenait une lettre de change de cinquante louis, et Théodore y répondit avec les expressions les plus ardentes de tendresse et de reconnaissance. Il recommanda sa réponse à son correspondant de Genève, auquel il indiqua une maison de commerce à Morges pour la continuation de ses relations, parce que des raisons d'économie, et en même temps de politique, lui faisaient préférer le séjour

5.

d'un village sur la frontière du canton de Fribourg.

Dès sa première lettre à son correspondant, Théodore s'était informé de son ami Olivier, et en avait appris que peu de mois auparavant, il était venu le voir comme quartier-maître d'un bataillon national cantonné en Savoie. Lors de la première réquisition, il avait été désigné par le sort pour être soldat. Il eût pu, il est vrai, s'en exempter, en fournissant un homme à sa place; mais l'honneur et son patriotisme l'empêchèrent de profiter de cette facilité. Ses camarades, dont le choix désignait les officiers, l'avaient nommé quartier-maître. Je viens cependant d'apprendre, ajoutait le correspondant, que sur la nouvelle de la mort de son père, il vient de quitter le service pour s'occuper de la régie de sa ferme. Cela était vrai. Olivier avait reçu des représentans du peuple près l'armée des Alpes son congé, et un emploi dans l'administration forestière de son département. Ses fonctions l'obligeaient à faire de fréquens voyages à Grenoble, sans cependant l'éloigner pour long-temps de sa ferme, que son absence momentanée et les affaires du temps lui rendaient d'un prix inestimable.

Théodore avait déjà passé six mois dans son ermitage en Helvétie, et avait soupiré, d'une semaine à l'autre, après des lettres de son père, lorsqu'un soir que, plongé dans des pensées mélancoliques, il se promenait dan sa chambre, il vit entrer un étranger qui, sans dire un seul mot, se jeta dans ses bras. Ses joues étaient mouillées des larmes qui s'échappaient des yeux de l'inconnu, et son cœur sentait les battemens du sien. « Mon Théodore, mon ami, mon fils ! » Telles furent les premières paroles qui, après une pause solennelle, s'échappèrent des lèvres tremblantes de l'inconnu. « Gilbert ! ah, Gilbert ! oui, c'est vous-même, s'écria Théodore ; et mon cœur, muet pour la joie, ne vous a pas reconnu dès le premier instant ! Quel événement vous amène ici ? que fait mon père, ma sœur ? — Ah ! j'ai bien des choses à vous raconter, répondit le vénérable vieillard. Armez-vous de toute votre fermeté ; je suis persuadé que mon Théodore n'a pas renoncé à cette religion que l'on bannit en ce moment, ainsi que ses serviteurs, du sol de notre patrie ; elle seule peut vous donner la force de supporter le poids du malheur que j'ai à vous annoncer. »

Théodore se laissa aller sur un siége à côté du bon vieillard; il ne pouvait proférer une seule parole, mais un profond soupir vint soulager sa poitrine oppressée. « Vous me demandiez ce qui m'amène ici? lui dit Gilbert; vous ne savez donc pas ce qui se passe dans notre patrie? Nos temples sont dévastés et profanés par les blasphêmes de l'athéisme. La honte, les fers, l'exil, sont devenus le partage des pasteurs; les brebis sont dispersées ou transformées elles-mêmes en loups.—Et mon père? dit Théodore d'une voix craintive et presque éteinte.—Votre père, mon cher fils, ah! il partage le sort de tant de justes qui gémissent dans les cachots. Sous l'égide du certificat de civisme que ses anciens vassaux s'étaient empressés de lui donner, il vivait parmi eux aussi tranquillement qu'on peut vivre dans une maison bâtie sur un volcan. Une lettre qu'il écrivit à votre ami de Genève, par laquelle il le priait de faire payer encore mille francs à la personne convenue, fut interceptée à la frontière, et remise aux inquisiteurs qui s'étaient aussi établis dans nos contrées pour guetter et examiner chaque pas, chaque geste des citoyens. Votre père fut arrêté et, après une réclusion de deux mois, accusé d'une correspondance suspecte, et conduit devant le tribunal révolutionnaire à Paris. »

A ces paroles, Théodore sauta sur sa chaise comme frappé d'une commotion électrique. Continuez, s'écria-t-il, ne me cachez rien. »

« Nous n'en savions pas davantage, reprit Gilbert, au moment où j'ai été obligé de fuir; cependant je n'ai pas trouvé son nom sur la liste des innombrables victimes que je parcourais en tremblant chaque jour de courrier. — Et ma sœur, pourquoi n'a-t-elle pas fui avec vous?

Gilbert. Vous vouliez donc que votre père, s'il revenait, fût privé de la seule consolation qui eût pu lui rendre son existence supportable? O mon fils! rendez plus de justice à l'héroïsme de votre sœur! elle supporte son malheur comme une sainte; je ne la voyais jamais sans bénir son courage, sans puiser dans son exemple de nouvelles forces pour supporter mes propres souffrances. Lorsque je me vis forcé de la quitter, je me confiai au jeune Olivier; je voulais lui recommander Louise, mais à peine avais-je prononcé, en sanglotant, son nom, que ce noble jeune homme m'interrompit en me protestant qu'il consacrerait à la fille

de son bienfaiteur son dernier mor-
ceau de pain et la dernière goutte de
son sang. « Nous autres, dit l'homme
de Dieu en finissant, nous autres qui
croyons encore à une Providence,
sommes en droit d'espérer de voir
des temps plus heureux. Une domination qui n'est basée que sur la violence, doit nécessairement périr sous
ses propres débris. »

Théodore engagea Gilbert à partager sa chambre avec lui jusqu'à ce
qu'il eût trouvé un asile ; et le vieillard accepta d'autant plus volontiers,
qu'il n'osait compter dans l'étranger
sur la protection que le crédit des
prélats émigrés avait procuré à beaucoup de ses confrères. C'était un théo-
logien trop éclairé, et un philantrope
trop ardent, pour s'être refusé à prêter le serment que la nouvelle constitution exigeait des fonctionnaires

spirituels, et dont l'intolérance et le
fanatisme s'étaient fait une des armes
les plus terribles pour déchirer les
entrailles de la patrie. Il n'avait pas
voulu quitter son poste aussi long-
temps qu'il put faire quelque bien;
mais lorsqu'il ne lui restait plus même
l'espoir d'empêcher le mal, les larmes de Louise, bien plus encore que
le soin de sa propre sûreté, le déter-
minèrent à une démarche qu'elle lui
représenta comme le seul moyen de
sauver du désespoir son malheureux
frère. Il venait d'atteindre son but,
et trouva, sous un ciel étranger,
plus qu'il n'avait osé espérer. Pour
ne pas être à charge à son jeune ami,
qui n'avait pu lui cacher long-temps
le dénûment dans lequel il se trouvait, il écrivit à un compatriote,
homme de grand mérite, qui s'était
réfugié à B***, depuis que des vexa-

tions multipliées l'eurent forcé de quitter sa patrie. Gilbert était autrefois en relation avec lui; il hasarda de se rappeler à son souvenir, et cet homme, qui trouvait une patrie partout où l'on savait estimer la probité, fit à ses nouveaux amis un tableau si séduisant du mérite de Gilbert, que peu de temps après ils parvinrent à le faire nommer bibliothécaire d'un prince protestant digne de le posséder.

Il en coûta beaucoup au bon Théodore de se séparer de lui. Il l'eût même suivi dans ce nouvel asile s'il ne l'eût pas trop éloigné des frontières de sa patrie, et du seul endroit d'où il pouvait recevoir des nouvelles de sa famille. Il se passa cependant encore bien des semaines avant qu'il en reçût. Il craignait de trouver, chaque jour de courrier, le nom de son père sur l'effroyable liste des martyrs du gouvernement de la terreur; et lorsqu'il ne l'y trouvait pas, il lui semblait sentir enlever un poids énorme de dessus sa poitrine. Cette torture se renouvelait chaque jour, et dans le village qu'il habitait, il n'y avait personne qu'il pût prendre pour confident de ses angoisses.

Louise se trouvait dans la même situation. Lorsque les satellites de la mort vinrent lui arracher son père, elle s'attacha fortement à lui, en les suppliant de lui permettre de partager son sort. Ses larmes, ses prières furent inutiles. Deux d'entre eux la retinrent dans la cour, pendant que les autres emmenaient leur proie. Le vénérable Gilbert parvint enfin à modérer sa douleur. La religion, la raison de Louise, secondèrent ses exhortations; elle pleurait encore tous les jours, mais telle que le palmier qui, ployant aux premiers efforts, se relève bientôt avec une nouvelle vigueur, son âme se fortifiait sous le poids même de sa douleur.

Pendant que son père était détenu à Grenoble, elle obtenait de temps en temps la permission de le voir ou de lui écrire; mais depuis qu'il avait été conduit à Paris, elle n'en avait aucune nouvelle. Olivier avait enfin pris le parti d'écrire à un ami intime de son père, pour le prier de prendre des informations sur le respectable prisonnier; et deux mois s'étaient écoulés sans qu'il eût reçu de réponse.

Les horreurs du gouvernement sanguinaire augmentaient journellement. Les exterminateurs se répandaient partout, et partout s'eni-

vraient de sang; les parens des émigrés et les prêtres qui refusaient de
renier la religion, étaient incarcé-
rés; Gilbert était loin, et Olivier
restait seul pour protéger Louise.
Son crédit, sa prudence, son zèle
infatigable, la préservèrent quelque
temps des foudres révolutionnaires.
Elle demeurait au château de son
père, malgré les scellés qui y étaient
apposés, et vivait du reste des fruits
que n'absorbaient pas les réquisi-
tions; mais chaque jour qu'elle ga-
gnait ainsi sur la tyrannie, était une
conquête qu'on pouvait lui ravir avant
le soir; elle ne tremblait cependant
que pour son père. Elle avait pris dix
fois la résolution de se rendre à Paris,
et d'assiéger la porte de sa prison jusqu'à ce qu'on la lui ouvrît. Olivier
lui représenta les dangers sans nombre d'un pareil voyage, auquel le

décret qui exilait tous les nobles de la capitale ainsi que des villes frontières, opposait d'ailleurs un obstacle invincible. Il convainquit sa raison, mais son cœur repoussait toutes ses objections.

Enfin il reçut par un voyageur la réponse de Paris, si long-temps attendue. L'ami de son père lui mandait que ce n'était qu'avec la plus grande peine qu'il avait pu découvrir le prisonnier, et en recevoir, par l'entremise du médecin de la prison, le petit billet cacheté qu'il lui envoyait. Le malheureux vieillard vivait encore, mais il était consumé d'une fièvre lente qui empirait tous les jours. Le billet portait pour adresse : *A ma Louise*. Il était écrit d'une main tremblante ; mais Olivier reconnut pourtant l'écriture de son bienfaiteur. Son cœur saignait de douleur, lorsqu'il se rendit près de Louise : il sentait bien que, lors même que son père eût caché dans sa lettre son état à sa fille, il ne pouvait lui-même le lui taire; et cette triste nécessité lui fit prévoir la scène qui allait avoir lieu. Il la trouva lisant au coin de son feu. Olivier la connaissait trop bien pour recourir à ces détours qui, même auprès des âmes faibles, atteignent si rarement leur but. Il s'approcha d'elle d'un air ouvert et sans contrainte. « Enfin, mademoiselle, je puis vous donner des nouvelles de monsieur votre père. » Louise se leva précipitamment : « Ah! donnez, donnez! » Son impatience l'empêcha de considérer long-temps l'adresse du billet; elle l'ouvrit avec vivacité, et n'y trouva que ce peu de mots : « Ton père, ma Louise, t'embrasse et te bénit, C**.» La lettre contenait une boucle de ses vénérables cheveux blancs. Elle la pressa en silence contre ses lèvres, et la mouilla de ses larmes. Elle relut une seconde fois le billet : il l'a écrit d'une main tremblante, dit-elle d'une voix étouffée et d'un ton à briser le cœur; autre-fois il ne tremblait jamais. « N'en savez-vous pas davantage, Olivier? Votre ami ne vous a-t-il pas écrit?»

Olivier. Il m'écrit, mademoiselle; voilà sa lettre.

Louise la lut en silence. Ses larmes cessèrent de couler, ses yeux hagards étaient fixés sur la lettre, son âme était resserrée, une gravité solennelle régnait sur tous ses traits. C'est ainsi que l'on voit la statue de la Patience sur le tombeau de la Vertu. Tout-à-coup une douce sérénité se répandit sur son front; elle plia le billet, et le serra dans son sein. « Olivier, dit-elle, ma résolution est prise, et rien au monde ne pourrait m'arrêter. Je cours vers mon père, je veux recueillir sur mes lèvres son dernier soupir ; je veux essuyer de son front la sueur de la mort !

Olivier. Mademoiselle....

Louise. Je sais bien ce que vous allez me dire ; vous me l'avez déjà souvent répété. Ah ! pourquoi ai-je cédé à vos représentations ? peut-être.... Pardonnez-moi, mon ami, ô pardonnez-moi ! votre sollicitude pour moi était noble, elle méritait ma reconnaissance. Mais maintenant, maintenant.... qu'ai-je à craindre ? Ils me jetteront dans la prison de mon père, c'est ce que je désire ; ou bien s'ils me tuent, je n'aurai précédé mon père que de quelques instans, ou, ce qui serait encore plus beau, je lui survivrai quelques heures.

Olivier. Mais si votre pieux espoir s'évanouissait en route, si l'on vous interdisait l'entrée de la capitale ? Je ne dois pas vous laisser ignorer, mademoiselle, que l'administration ne pourrait délivrer un passeport, et sans passe-port vous ne pourriez vous mettre en route. »

Louise se tordit les bras de désespoir ; tantôt elle parcourait la chambre avec une précipitation convulsive, tantôt elle s'arrêtait tout-à-coup, en portant la main à son front. Olivier l'observait avec une douleur muette ; ses yeux se remplirent de larmes. Louise les aperçut ; elle s'approcha de lui : « Homme généreux, dit-elle, je le vois, vous sentez ce que je souffre ; mais n'y aurait-il donc pas dans le monde un moyen pour satisfaire mon desir, le plus saint, le plus innocent de tous les desirs? » Olivier resta quelques momens plongé dans une profonde méditation ; il dit enfin avec la plus forte émotion : « Mademoiselle, pouvez-vous encore croire à la vertu ? »

Louise. Vous nous calomniez tous les deux par cette question.

Olivier. Le moyen que j'ai à vous proposer me l'arrache.

Louise. Parlez.

Olivier. Je vous conjure seulement de ne pas m'interrompre. « Un regard, dans lequel était peinte tout entière l'âme de Louise, lui ordonna de continuer. « Le moyen, le seul moyen que je connaisse, c'est....... l'offre de ma main. En portant mon nom, vous voyagerez sans aucun empêchement, et je vous accompa-

gnerai ; je vous préserverai des dangers qui , dans ces temps de disso-
lution , menacent une femme qui
voyage. Je vous jure par la vertu à
laquelle nous croyons tous les deux,
que je vous considérerai constamment comme libre , et comme un
dépôt sacré , confié par la Providence et par votre vénérable
père.

Celui-ci bénira votre pieux arti-
fice ; et comme vous avez atteint
votre vingt-unième année , vous n'a-
vez pas besoin de son consentement.
Votre but rempli , et lorsque vous
n'aurez plus besoin de ma protection, je demanderai moi-même notre
divorce, et cette loi qui protège si
souvent le vice , sera du moins une
fois favorable à la vertu.

Louise rougit, baissa les yeux, et
se tut.

Olivier. Dieu! vous aurais-je offensée?

Louise (avec douceur). Vous ne m'avez point offensée, mais surprise. Elle se jeta dans un fauteuil, et appuya sa tête sur sa main. Olivier lisait dans chaque muscle de son visage toutes les diverses agitations qui se succédaient dans son âme. Après une longue pause, il lui dit : « Je vous quitte, mademoiselle; une démarche de cette nature demande de la réflexion. »

Louise (comme si elle sortait d'un profond rêve). De la réflexion? vous me rappelez que je n'en ai pas besoin; je le vois me tendre les bras, et je devrais encore réfléchir! Olivier, je vous donne ma main. » Elle accompagna ces paroles d'un regard et d'un ton où se réunissaient la douleur, la résolution, et la plus entière

confiance. « Chaque délai, continua-
t-elle, serait un crime; je suis prête
à vous accompagner aujourd'hui
même à la municipalité pour faire
ma déclaration; mais n'est-il pas
vrai, mon ami, que nous partirons
de suite après la cérémonie? »

Olivier. La nouvelle loi exige un
délai de trois jours entre la publica-
tion et le mariage, et il ne m'en
faudra pas davantage pour faire mes
dispositions. J'espère, au reste, mademoiselle, que vous vous ferez accompagner par votre Babet; vous
avez besoin de quelqu'un pour vous
servir, et il peut venir un temps où
un témoin dans nos rapports peut
être pour nous un sujet de tranquillité, et même d'une haute importance.

Louise (tout émue). Je sens toute
l'étendue de votre délicatesse. Mon

sort est entre vos mains; que je rougirais maintenant si j'avais pu ba-
lancer à vous le confier ! »

L'idée que le trajet pour se rendre
à la maison commune la rapprochait
de la prison de son père, lui allégea
cette course, dissipa ses scrupules et
calma le léger frisson qui la surprit
en entrant au greffe. Son ton était
calme et son regard assuré. Sa dé-
déclaration fit peu de sensation : on
trouva ce mariage conforme à l'ordre
du jour. Les circonstances, la pénible situation de Louise, et les rapports intimes d'Olivier avec la famille , ôtèrent à cette union ce caractère étrange et romanesque qui
déroute les bons et aiguise la langue
des méchans.

Pendant les jours suivans, Louise
ne s'occupa que des préparatifs de
son voyage. Olivier vint la voir plu-

sieurs fois pour recevoir ses ordres. On ne pensa pas aux arrangemens domestiques, parce que le départ devait avoir lieu immédiatement a-près la célébration. Louise ne pos-sédait pas, à beaucoup près, l'argent nécessaire pour un voyage aussi dis-pendieux ; mais elle avait pour plus de deux mille écus de bijoux dont elle avait hérité de sa mère. Elle remit son écrin à Olivier, en le priant d'en faire de l'argent, parce qu'elle ne voulait pas qu'il fît l'avance des frais. Ses prières, ses refus furent inutiles ; il fut forcé d'y consentir.

La veille du jour fixé pour le ma-riage, il se rendit à la ville pour de-mander un congé à l'administration du district. Là on lui communiqua le décret qui venait d'arriver, et qui ordonnait de séquestrer les biens du baron, attendu qu'il était mort en prison comme un criminel d'état condamné. Craignant de perdre sa proie, le tribunal de sang l'avait fait traîner devant lui tout malade qu'il était, et l'avait condamné à mort sans l'avoir entendu. Cette scène, qui ne pouvait ébranler son courage, épuisa ses forces vitales.

A peine fut-il rentré en prison, qu'il tomba dans une agonie qui lui épargna l'épouvantable trajet de l'échafaud. Cette nouvelle fut un coup de foudre pour Olivier; il retourna en toute hâte à Saint-Julien; il était si hors de lui, qu'il s'aperçut à peine que son cheval s'était arrêté à la porte du château. « Au nom de Dieu! que vous est-il arrivé? s'écria Louise en le voyant entrer dans son appartement, la pâleur de la mort sur le front. Olivier cherchait des paroles et ne trouvait que des larmes. «Dieu!

5.   6

mon père est mort! » s'écria-t-elle en se laissant tomber sur une chaise.

— Votre cœur, dit Olivier, a deviné mes paroles. Oui, mademoiselle, la Providence a arraché sa tête vénérable à ses bourreaux, qui lui avaient déjà prononcé son arrêt de mort. Votre héroïsme me permet, et les circonstances me font une loi, de ne point vous cacher un instant cette triste nouvelle. « Louise se roidit sur sa chaise comme un cadavre; un évanouissement eût été un bienfait pour elle. Ce silence fut long et affreux : enfin la nature vint se soulager elle-même; un torrent de larmes s'échappa de ses yeux éteints. Tout-à-coup elle les ouvrit : « Mon Dieu, tu l'as voulu! » dit-elle en portant ses regards vers le ciel; il était digne de ce meilleur séjour. Ah ! pourquoi suis - je destinée à lui survivre ! que deviendrai-je maintenant ? je sais que l'héritage de mon père est perdu pour ses enfans ; j'irai plutôt, sous un ciel étranger, gagner mon pain à la sueur de mon front, que de vivre des bienfaits de ses bourreaux. »

Olivier. Cela ne doit et ne pourra venir à un tel point ; mon cœur est oppressé d'un tourment plus cruel.

Louise. Ne me cachez rien ; je suis préparée à tout.

Olivier. La loi contre ceux que 'on qualifie de suspects est exécutée avec la plus grande rigueur, et Théodore, que l'on avait long-temps compté parmi les prisonniers de guerre, est en ce moment porté sur la liste des émigrés.

Louise. Je vous comprends ; les monstres ! que ne me laissaient-ils partager la captivité de mon père, je partagerais aujourd'hui sa tombe.

Je connais vos principes, Olivier ;
mais je connais aussi votre cœur :
désapprouvera-t-il ma fuite ?

Olivier. Mes principes sont favorables à la liberté et non à la tyrannie ; ma politique cédera toujours à
ma morale. Je risquerais ma vie pour
favoriser votre fuite, si votre patrie
ne vous offrait pas un asile au moins
aussi tranquille que celui que vous
pourriez chercher sous un ciel étranger, où tant de milliers de malheureux n'ont trouvé que le désespoir.
Vous vous priveriez, par votre fuite,
de l'espoir qui retient encore les gens
honnêtes dans notre patrie. La tempête est trop violente pour durer encore long-temps ; pourquoi ne vou-
driez-vous pas en attendre la fin dans
ma paisible chaumière ?

Louise. Je n'ai rien à perdre ni
à espérer : cependant je ne suis pas

en état aujourd'hui de prendre une détermination ; venez me voir demain : il faut que je consulte ma conscience et les mânes de mon père. — Olivier s'éloigna, et Louise alla s'enfermer dans son cabinet. Ses premières sensations furent consacrées à son père ; elle se prosterna devant son image, et la mouilla de ses larmes ; c'était l'offrande funèbre la plus pure que la vertu pouvait offrir à la vertu.

La nuit la surprit dans cette sainte occupation ; elle la passa sans pouvoir dormir. Son âme flottait dans un océan de pensées. Quoiqu'elle fût loin de méconnaître la générosité d'Olivier, son cœur se révoltait contre une démarche par laquelle elle croyait lui devenir à charge, et qui pourrait troubler les cendres à peine refroidies de son père. Peu à peu son

trouble se calma, et sa raison éclairée lui présenta des idées plus tranquilles. Elle voyait d'un côté un
abîme sans fond, et toutes les horreurs qui suivent l'exil et l'abandon
d'une personne de son sexe et de sa
condition; de l'autre, une chaumière
dans laquelle, sans être tout-à-fait
heureuse, elle pourrait terminer sa
triste vie à l'abri de nouvelles persécutions.

Elle frémissait cependant chaque
fois qu'elle était près de prendre une
détermination définitive.

Dans cette incertitude elle fut surprise par un doute : la rupture de
son mariage, déjà publié, ne ferait-
elle aucun tort à Olivier? Personne,
se dit-elle, ne m'attribuera ce chan-
gement de résolution, parce qu'il est
contre toute vraisemblance qu'au
moment de mes plus grands mal-

heurs, j'eusse pu répudier la main d'un sauveur. Le blâme des gens vertueux doit, par conséquent, tomber sur lui ; on l'accusera d'un intérêt sordide, d'une ingratitude révoltante, et d'une barbare cruauté envers sa malheureuse fiancée, qu'il n'aura repoussée que parce qu'elle n'avait plus de dot à lui offrir. Oserai-je exposer l'honneur de ce noble jeune homme à un soupçon aussi flétrissant, ou bien, en révélant notre secret, livrer sa personne aux persécutions des cannibales ? Ne serais-je point ingrate, égoïste et barbare, si je récompensais ainsi son amitié ? Ces réflexions accablantes épuisèrent le reste de ses forces ; elle tomba vers le matin dans un assoupissement léthargique, dont elle ne fut tirée que trop tôt par une visite effrayante.

C'était un commissaire de l'administration avec sa suite, qui venait inventorier et séquestrer les biens de son père. Sa servante vint, saisie d'effroi et en sanglotant, lui annoncer cette nouvelle. « Je n'ai pas besoin de ton aide, bonne Babet, lui dit Louise, lorsqu'elle lui présenta ses vêtemens; dès aujourd'hui je me servirai moi-même. Va trouver Olivier, et dis-lui que je l'attends dans une demi-heure. » La pauvre fille sortit en se tordant les mains, et Louise se prépara à recevoir Olivier. Toute son âme se montrait sur son visage. « Mon ami, lui dit-elle lorsqu'elle le vit entrer, les ravisseurs de ma liberté sont peut être en route : je ne leur enlèverais pas leur victime si un motif bien plus puissant ne me déterminait pas à accepter la main que vous m'offrez pour me sauver. Si je devais le faire devant l'autel de la religion , je n'abuserais ni de la religion ni de votre amitié. »

Olivier saisit sa main, et dit, en se tournant vers le portrait du baron qui était suspendu dans l'appartement : « Bienfaiteur de mon père et le mien, je jure par tes cendres sacrées que je regarderai constamment ta fille comme un ange auquel je donne l'hospitalité. » Louise était profondément émue ; ses yeux remplis de larmes restèrent long-temps fixés sur ceux de son père. A la fin , comme si elle y avait lu un signe d'approbation , elle se tourna vers Olivier, et jeta sur lui un de ces regards célestes que la vertu emploie pour saluer un vieil ami. « J'espère, dit-elle un instant après, qu'en considération de ma situation, l'on m'excusera si je recule de huit jours la

5.

célébration de notre mariage; mon cœur brisé exige ce délai. — Certaiment, répondit Olivier; le comité de surveillance (chaque commune avait le sien, qui était chargé de faire les arrestations) est instruit de vos intentions, et la plupart de ses membres m'ont témoigné leur satisfaction d'être dispensés de la triste nécessité d'ajouter encore à vos chagrins. Cependant, par surcroît de précaution, je vais l'instruire du motif de ce retard : il honorera votre douleur, et parmi ses membres plus d'un homme honnête la partagera, du moins au fond de son cœur.

Olivier, qui savait que la solitude est l'Elysée d'une âme en deuil, abandonna Louise à ses larmes, la seule consolation qu'elle pût encore éprouver. A peine était-il rentré chez lui, que Babet vint le trouver. « Ah! mon cher M. Olivier, lui dit-elle, est-il donc bien vrai que je dois quitter ma chère, ma bonne demoiselle? Elle m'a dit ce matin..... ah! cela m'a fendu le cœur..... qu'elle n'avait plus besoin de moi. Je la sers déjà depuis quatre ans, et j'espérais la servir toute ma vie; je ne puis absolument pas la quitter. Mon excellent M. Olivier, ne me repoussez pas. Je ne demande pas de gages : je travaillerai dans votre jardin, dans la basse-cour, dans les champs; vous verrez que je gagnerai ma vie, pourvu que je puisse approcher ma chère demoiselle pendant une heure de la journée. Bon Dieu! elle ne pourra cependant pas tout faire elle-même. N'est-ce pas que vous ne me repousserez pas? si cela était, je frapperais si long-temps à genoux à votre porte, j'y pleurerais si long-temps, que vous

me l'ouvririez. — Non, bonne Babet, lui répondit Olivier tout ému,
tu ne quitteras pas ta maîtresse; au
contraire, tu t'en rapprocheras plus
que jamais. Sois tranquille, bonne
fille; mais ne fais semblant de rien
devant elle; j'irai la voir encore ce
soir. »

Olivier lui tint parole; lorsque la
commission de séquestre eut achevé
sa première séance, il alla trouver
Louise dans son cabinet. Son arrivée
la tira d'un labyrinthe d'idées som-
bres dans lequel errait son âme. Elle
le reçut avec cet air de bonté et de
cordialité que la douleur même ne
saurait effacer du regard de la
vertu.'

Olivier. Mademoiselle!....

Louise. Accoutumez-vous dès aujourd'hui à m'appeler Louise; c'est
la seule dénomination qui ne pourra

ni trahir ni démentir nos rapports
futurs.

Olivier. Eh bien donc, Louise,
j'ai fait mes réflexions sur ces rapports. Il me semble que si nous voulons les cacher sous un voile saint et
impénétrable, il nous faudra en confier à une personne sûre autant qu'en
découvrirait d'elle - même toute autre qui demeurerait avec nous,
et qui pourrait ne pas être aussi
discrète.

Louise (émue). Je vous ai déjà
dit que je mettais mon sort entre vos
mains.

Olivier. Si Babet nous eût accompagnés dans notre voyage, je vous
aurais proposé d'en faire notre confidente. L'idée de quitter sa bonne
maîtresse met cette pauvre fille au
désespoir. C'est une orpheline que
vous avez recueillie et formée : est-

ce qu'elle s'est jamais montrée ingrate?

Louise. Jamais, non jamais; elle
réunit à la plus rare fidélité des sentimens délicats qui apprécieront notre confiance, et la justifieront.

Olivier. Que serait-ce si je lui
disais que sa maîtresse avait l'intention de différer la consommation de
son mariage jusqu'à la fin de l'année
de son deuil? Alors, sans en deviner
davantage, elle pourrait partager votre appartement avec vous.

Louise (en levant ses regards
vers le ciel, et se parlant elle-même).
Dieu! fais-lui comprendre mon silence!

Olivier. Je m'en remets à vous du
soin d'annoncer votre résolution à
la jeune fille, et si vous le trou-
vez bon, vous lui direz en même
temps qu'elle devra s'adresser à

moi pour en régler les conditions.

Une lueur de satisfaction reposa sur le front de Louise pendant tout le temps que dura la visite d'Olivier; et après son départ elle trouva tant de sujets de méditer et de sentir, en se rappelant les diverses scènes de cette journée, que Babet, qui venait pour lui annoncer le souper, avait été plusieurs minutes devant elle sans qu'elle s'en fût aperçue. « Tu resteras auprès de moi, lui dit Louise; Olivier ne veut pas consentir à notre séparation. » La bonne fille était transportée de joie; elle lui baisait tantôt les mains, tantôt le bas de sa robe. « Oh! vous verrez, vous verrez, s'écria-t-elle en pleurant, que je ne vous serai pas inutile. Ce bon M. Olivier! Dieu le récompensera. Oserais-je vous demander la permission d'aller le remercier demain? —

Certainement, répondit Louise ; et il t'instruira probablement de tes devoirs futurs. »

Sa maîtresse dormait encore, que l'impatiente Babet frappait déjà à la porte d'Olivier. Elle voulait lui balbutier des remercîmens, il ne lui en laissa pas le temps. « Babet, lui dit-il, jusqu'ici tu as été la servante de Louise, il ne dépend que de toi d'être son amie et la mienne, si tu veux observer la promesse religieuse que je te demande. — Je promets tout, tout! s'écria-t-elle en se prosternant à ses pieds.—Lève-toi, mon enfant; tu oublies que nous voulons faire de toi notre amie. » Il lui répéta alors ce dont il était convenu avec Louise, et Babet promit la plus sainte discrétion. « Lorsque tu seras seule avec elle, lui dit-il en continuant, tu la traiteras comme mademoiselle

de C***, mais devant tout autre, elle
sera pour toi la femme du citoyen
Olivier. Va maintenant lui demander pour toi la permission de venir
m'aider à arranger son nouvel appartement. »

La ferme d'Olivier pouvait passer
pour une jolie maison de campagne;
son père l'avait réparée avec goût et
pourvue de toutes les commodités,
sans cependant lui ôter sa forme pri-
mitive. Le rez-de-chaussée était entièrement disposé en métairie : les
meubles ne se distinguaient de ceux
des paysans que par leur extrême
propreté. L'étage au-dessus présentait cinq à six pièces bien distri-
buées, ornées de papier peint, de
jolies gravures représentant des paysages, et de quelques tableaux; tout
était joli, sans aucun luxe. La chambre de Louise avait une agréable vue

sur le potager et le verger; c'était la plus belle et la plus grande de la maison, et elle avait une double alcove dont l'une devait recevoir son lit, et l'autre celui de Babet. La chambre à coucher d'Olivier était attenante, et avait la même vue : ces deux pièces avaient une porte de communication, et encore chacune une issue particulière sur le corridor.

Olivier et Babet furent occupés pendant plusieurs jours à arranger et à meubler ces deux chambres; et comme la loi ne réclamait pas les propriétés particulières de Louise, on transporta peu à peu ses habits, ses livres et son piano dans la nouvelle demeure. Elle abandonna tout ce qui pouvait prêter à la moindre contestation; elle sollicita seulement les portraits de ses parens, celui de son frère, et quelques tableaux de sa main dont elle avait orné le cabinet de son père. Le commissaire, qui la regardait comme la fiancée d'un patriote, et qui n'était pas des plus méchans, lui accorda tout ce qu'elle demandait, et aurait fait plus encore si la fierté de Louise lui eût permis d'en demander davantage. Olivier allait la voir tous les jours, mais une demi-heure seulement, et comme s'il n'avait d'autre intention que de s'informer de l'état de sa santé. Ces ménagemens pour sa douleur et pour l'embarras auquel l'exposait la nouveauté, la singularité de la situation dans laquelle elle allait se trouver, n'échappèrent pas à cette fille sensible, qui écoutait volontiers Babet lorsqu'elle lui rendait compte du zèle qu'il mettait à lui rendre son nouveau séjour commode et agréable.

Le délai que Louise avait demandé pour pleurer son père venait d'expirer. Les dispositions que le commissaire avait faites dans le château changèrent pour elle l'habitation de ses pères en une demeure triste et étrangère. Prête à quitter un lieu qui ne servait qu'à lui renouveler à chaque instant la perte qu'elle venait de faire, elle fixa elle-même le jour de son mariage, et manifesta en même temps le desir d'aller voir son habitation future. Olivier n'eût jamais osé lui proposer cette visite, et Louise ne lui envia pas la satisfaction qu'il éprouva à sa proposition. Elle connaissait déjà la maison, et fut d'autant plus surprise des dispositions que son zèle délicat avait faites pour sa réception. Sa chambre, garnie d'un papier uni bleu de ciel, n'était décorée que des portraits de

sa famille. Elle y trouva un joli secrétaire, son piano, sa petite biblio-
thèque et ses couleurs. Louise parla
peu ; mais Olivier trouvait dans ses
regards sa récompense de tout ce
qu'il avait fait. En sortant, elle porta
ses regards sur le portrait de son
frère : « Bon Théodore, dit-elle avec
l'accent d'une douce mélancolie,
puisse la Providence t'envoyer aussi
un Olivier ! »

Le lendemain, vers le soir, le
couple se rendit à la maison commune pour la célébration de son mariage. Il ne s'était fait accompagner
que des témoins nécessaires ; ce furent quatre soldats invalides qui a-
vaient servi autrefois dans la compagnie du baron, et qui, jusqu'au
moment de son arrestation, en avait
reçu une pension. Ils tendirent à sa
fille leurs mains tremblantes, et le plus

âgé d'entre eux dit à Olivier : « J'irai
bientôt rejoindre notre bon colonel ;
tâchez , brave jeune homme , que je
puisse lui dire qu'il n'a pas laissé
après lui une orpheline. » En reve-
nant de la maison commune , on
voyait çà et là de pieuses bonnes
mères observer la mariée de leurs
fenêtres et la bénir par un signe de
tête. A la porte d'entrée de la maison, les attendaient plusieurs groupes
de gens de différentes conditions,
qui les saluèrent bien cordialement.
Olivier était estimé de tout le village,
et la considération s'était accrue par
ses procédés envers leur bonne demoiselle, que la plupart des habitans
aimaient et estimaient encore autant
qu'à l'époque où on la voyait porter
des consolations dans la chaumière du
pauvre, et se mêler parmi les danses
des jeunes paysannes.

Louise assista dans le silence du
recueillement à la cérémonie civile,
qui ne consistait, comme on sait,
que dans la promesse de se prendre
réciproquement pour époux. Sa pâleur, la langueur que le chagrin avait
imprimée à ses traits, donnaient à
son céleste visage quelque chose de
majestueux qui, en arrachant des
cœurs le sentiment d'une douleur
respectueuse, en aurait imposé au
plus farouche des révolutionnaires.
Les boucles de ses cheveux bruns
tombaient sans art sur sa modeste
robe blanche garnie de la même couleur. La couleur du deuil eût été un
délit aristocratique. Le seul bijou
qui ornât son cou était un médaillon
renfermant le portrait de son père;
et sur son sein était placé un bouquet de violettes que Babet lui avait
offert. Après la cérémonie, Louise

remit à chaque vieillard une pièce d'argent pour leur tenir lieu, disait-elle, de repas de noce; et en entrant dans la maison, elle fut saluée par les domestiques, auxquels elle distribua également des présens.

Olivier remarqua que les scènes de cette importante soirée avaient profondément affecté son cœur. Il lui proposa de la conduire à son appartement; elle le suivit avec un regard qui lui prouva qu'il l'avait devinée. Elle lui serra long-temps la main en entrant dans sa chambre, et lui dit enfin : « L'alliance de l'amitié est un sacrement de l'église invisible; que la nôtre nous soit sacrée, à jamais sacrée ! » Olivier ne put lui répondre. Une douce émotion retenait sa voix. A la fin il avança une chaise et se plaça à côté d'elle. Son regard alors se porta sur le médaillon suspendu à son cou. Cette vue parut lui rappeler quelque chose. Il sortit de sa poche l'écrin qu'elle lui avait remis.

Olivier. J'aurais presque oublié de vous remettre la partie la plus précieuse de votre propriété.

Louise. Elle m'eût été précieuse si elle avait pu remplir sa sainte destination. Aujourd'hui cette parure m'est inutile ; gardez-la, et considérez-la comme la dot d'une pauvre orpheline. Je n'ai plus besoin de diamans, convertissez-les en argent pour en augmenter nos moyens d'existence.

Olivier. Voulez-vous me causer de la peine ?

Louise. C'est ce que vous feriez si vous me refusiez ma première prière. — Il s'inclina en silence en reprenant l'écrin qui réveillait en elle tant

5.   8

d'images douloureuses, et fit tomber la conversation sur des objets propres à la distraire.

En attendant, Babet avait préparé leur modeste repas. Olivier conduisit Louise à table, et leur jeune confidente y figura en même-temps comme convive et comme servante. Un faible rayon de sérénité anima le front de Louise pendant ce repas silencieux, et Olivier mit tout en usage pour la maintenir dans cette disposition. Quand ils se furent levés de table, il la reconduisit dans sa chambre, sortit de sa poche une clé dont il ferma la porte de communication des deux appartemens, posa cette clé sur le secrétaire de Louise, lui baisa respectueusement la main, et sortit par la porte d'entrée.

Le lendemain matin Louise le fit inviter à déjeûner : elle le reçut avec une amitié franche, et lui dit en lui servant une tasse de café : « Vous me permettrez, mon ami, de vous régaler tous les matins chez moi. » Ce sera pour moi, lui répondit Olivier, le plus beau moment de ma journée. — J'espère que ce ne sera pas le seul, reprit-elle, puisque je serai chargée de quelques détails de la maison. L'habitude et les dispositions actuelles de mon esprit me font du travail un besoin indispensable ; j'ai déjà choisi les occupations dont je veux me charger avec l'aide de Babet. C'était le soin du jardin, de la basse-cour, ainsi que la surveillance de la cuisine et du linge. Ces occupations ne lui étaient pas nouvelles ; elle avait conduit le ménage de son père avec cette intelligence, cet esprit d'ordre qui fait que, pour le maître comme pour les domesti-

ques, le travail devient un jeu, et
que l'on pourrait nommer le génie
de l'économie. A l'issue du déjeuner
elle voulut entrer dans ses nouvelles
fonctions avec Babet. Olivier la conduisit dans la salle basse, où elle
reçut les salutations cordiales des domestiques, auxquelles elle répondit
avec cette aménité qui lui avait gagné
tant de bons cœurs, et qui souvent
avait désarmé tant de méchans.

Les occupations domestiques lui
procurèrent quelques distractions,
et convertirent sa douleur en une
douce mélancolie qui prêtait un
nouveau charme à la physionomie
de sa belle âme. En peu de temps
l'économie rurale lui était devenue
aussi familière que si elle y avait été
élevée. Ce n'est que l'heure qui sui-
vait son dîner qu'elle consacrait au
doux charme de la musique. Dans

l'intervalle de ses travaux journaliers, elle s'occupait avec Babet à approprier sa garde-robe à sa condition présente. Les jours de repos étaient destinés à lire de bons livres: Olivier et Babet étaient ses auditeurs, et quelquefois tous les domestiques de la maison étaient appelés à ces lectures. Comme ils étaient, depuis plusieurs mois, privés de tout exercice du culte, ils reçurent avec un recueillement empressé des préceptes de vertu de la belle bouche de leur maîtresse. Son pinceau, son métier à broder, lui aidèrent à remplir les autres heures de loisir. Tantôt elle jetait sur le papier un paysage gracieux, ou représentait sur la toile une fleur du printemps renaissant.

Olivier, que ses fonctions appelaient souvent pour plusieurs jours à la ville, en revenait rarement sans

remarquer des améliorations sensibles dans l'intérieur de sa maison,
ou de nouveaux ornemens qui é-
gayaient les appartemens. Un regard
tendre, un serrement de main timide, étaient alors les interprètes de sa
reconnaissance ; car autant l'aimable,
l'innocente Louise était toujours
restée la même à son égard, autant
il s'empressait de se faire pardonner,
pour ainsi dire, l'intimité qu'il devait
affecter devant les étrangers, par un
respect affectueux, quoiqu'il ne pût
pas toujours cacher le plaisir qu'il
éprouvait dans cette intimité.

Peu à peu il devint rêveur; un
sombre nuage obscurcissait son front.
Lorsque, accompagné de Louise, il
se promenait dans son beau verger,
ou sur les bords fleuris de l'Isère, *il*
se laissait aller à un morne silence.
La pompe sublime de la nature qui,

autrefois, transportait son âme, per-
dit pour lui tous ses charmes ; et la
mélodie du rossignol lui arrachait
des larmes. Lorsque Louise le rappelait de ses rêveries, il reprenait sa sérénité habituelle ; mais elle ne pouvait s'empêcher d'apercevoir la violence qu'il se faisait. Ses complai-
sances envers elle étaient toujours les
mêmes. Il recherchait toutes les occasions de lui faire plaisir, et lorsqu'on vendit les meubles de son père
au profit de la nation, il ne laissa rien
passer en des mains étrangères de
ce qu'il croyait pouvoir être pour
elle d'un prix d'affection. Louise lui
reprocha cette prodigalité : « Ne vous
souvenez-vous plus, lui dit-il, de m'a-
voir recommandé d'employer le prix
de vos bijoux à notre ménage ? —
Vous savez bien, mon ami, que ce
n'est pas ainsi que je l'entendais. »

Et lorsque, peu de temps après, elle trouva sur sa cheminée la jolie pendule de son père, elle le conjura, avec une chaleur touchante, de mettre des bornes à sa générosité. «Vous avez déjà tant fait pour moi, lui dit-elle, et je ne puis rien faire pour vous ! » Un soupir étouffé fut toute sa réponse.

Depuis ce moment sa mélancolie s'accrut, ainsi que les efforts qu'il faisait pour la cacher. Sa santé, jusqu'alors si florissante, déclinait à vue d'œil, et une pâleur mortelle était répandue sur ses joues enfoncées. Louise le remarqua; elle lui cacha d'abord ses appréhensions; elle lui demanda enfin, avec la plus tendre sollicitude, ce qui lui manquait. — Il ne me manque rien, mon amie; et il lui faisait la même réponse chaque fois qu'elle répétait sa question.

C'était tantôt une insomnie, tantôt
la condamnation d'un homme de
mérite, ou d'une femme estimable,
qui étaient la cause de son chagrin.
Lorsqu'il voyait Louise fixer amicalement ses yeux sur lui avec un regard qui exprimait le doute, les siens
se ranimaient comme une lampe près
de s'éteindre à laquelle on donne un
nouvel aliment. Sa figure reprenait
une nouvelle vie, son âme retrouvait
son énergie; il semblait se rappeler
qu'elle avait un secret à cacher. Alors
sa sérénité factice se soutenait pendant plusieurs jours sans se trahir,
et l'idée du triomphe qu'il remportait
ainsi sur lui-même, contribuait à dissiper les nuages qui obscurcissaient
son front.

Cependant cette tranquillité feinte
était loin de calmer les inquiétudes
de Louise. Plus elle employait de

5.   9

soins à l'observer, plus elle était persuadée qu'un chagrin secret devait ronger son cœur. « C'est peut-être une passion malheureuse, se disait-elle, et ce noble ami regrette de s'être sacrifié pour moi. Il a probablement trouvé dans la ville un objet qui est plus que son amie, et maintenant il éprouve dans son âme un combat entre l'amour et l'amitié. Ah! si j'en étais sûre, quel que fût mon sort, comme je m'empresserais de lui alléger ce combat! » C'est ainsi qu'elle pensait, et qu'elle disposait peu-à-peu son cœur à consommer son sacrifice aussitôt que l'amitié lui en donnerait le signal. Elle était chaque jour plus attentive à observer Olivier. Celui-ci semblait s'en douter, et elle crut s'apercevoir qu'il redoublait de soins pour cacher l'état de son cœur et commander à sa douleur.

Elle vint un soir le chercher dans sa chambre, et le trouva à écrire. Auparavant il venait toujours au-devant d'elle avec un sourire amical. Cette fois il était troublé; il se leva précipitamment et serra le papier dans son secrétaire.

Louise voulut se retirer. « Vous êtes occupé? lui dit-elle. — Non, mon amie, lui répondit-il; je n'ai rien à faire qui ne puisse se remettre. » Peu à peu sa conversation devint plus confiante, plus expansive qu'elle ne l'avait été depuis long-temps. Son cœur paraissait délivré d'un fardeau pesant, et son regard annonçait quelquefois un contentement secret et victorieux. Il se promenait avec elle dans la chambre; la main de Louise était dans la sienne, mais il ne la serrait pas. Si l'œil scrutateur de celle-ci rencontrait les siens, il les baissait, et une faible rougeur se répandait sur ses joues.

On vint l'appeler au village où l'attendait un officier qui voulait lui parler. Louise cherchait à se faire quelque occupation dans la chambre pour trouver un prétexte d'y rester. Elle avait remarqué qu'il avait oublié de tirer la clé de son secrétaire ; et après un léger combat que son cœur décida entièrement selon ses vœux, elle résolut de lire le papier qu'au moment de son arrivée il avait caché avec tant de précipitation. Comment ma curiosité pourrait-elle être répréhensible, pensa-t-elle, puisqu'elle peut me faire découvrir en un seul moment ce que, depuis si long-temps, je tâche enfin de savoir ? ma démarche abrégera son tourment et le mien.

Elle ouvre le secrétaire d'une main

tremblante. Le premier objet qui frappe son regard est son écrin. Il renfermait encore tous ses bijoux qu'elle croyait vendus. Elle trouve auprès un acte en bonne forme, par lequel il assure, après sa mort, à Louise la jouissance de sa ferme. Les nouvelles lois ne lui permettaient pas d'en faire davantage. Son âme en fut pénétrée, et elle n'eut pas la force de lire ce document en entier. Elle était prête à fermer le secrétaire, lorsqu'elle aperçut une lettre qui n'était que commencée, et dont la première ligne contenait son nom. Elle saisit la feuille; son cœur battait avec violence, et elle lut ce qui suit :

« Vous n'avez que trop bien ob-
» servé, ma chère amie; et la triste
» certitude de n'avoir pu vous cacher
» l'état de mon cœur est le seul re-

» proche qui me tourmente; car je
» n'ai jamais été assez téméraire pour
» croire qu'il me serait possible de
» demeurer avec Louise sous le mê-
» me toit, sans l'aimer. Oui , mon
» amie, je vous aime, et je dois vous
» l'avouer pour justifier une démar-
» che qu'exigent également votre
» tranquillité et mes sermens. Je
» m'éloigne pour quelques semaines,
» dans l'unique but de reconquérir
» votre estime et la mienne. Ah !
» chère Louise , le besoin le plus
» impérieux de mon cœur, c'est votre
» bonheur, et j'espère.... »

Comment la pauvreté de la langue humaine pourrait - elle rendre
les sensations qui oppressaient le
cœur de Louise! Elle n'eût jamais
pu le faire elle-même. Ses larmes
ruisselaient sur ce papier, et avant
de le remettre à sa place, elle le

pressa fortement sur ses lèvres. Elle courut dans sa chambre et s'y jeta dans un fauteuil. L'univers avait disparu devant ses yeux ; elle ne voyait plus que la lettre d'Olivier, ainsi que son image. « O le plus noble des mortels ! dit-elle enfin : pardonne, ô pardonne - moi mes soupçons ; je suis assez punie de ne pouvoir te montrer mon repentir, ni te demander mon pardon ! »

Son cœur resta long - temps dans cette agitation. L'absence d'Olivier, qui se prolongea au-delà d'une heure, lui laissa le temps de se calmer. Il revint enfin accompagné d'un étranger. « Louise, je vous amène un hôte agréable, qui vous donnera des nouvelles de votre frère. » Louise reconnut en lui le marquis de Vermont. Elle rougit, baissa les yeux, et ne put répondre à son compliment que par quelques paroles prononcées à voix basse, et presque intelligibles. Cette scène devait, dans sa position actuelle, l'embarrasser d'autant plus, que c'était la première visite qu'elle recevait depuis son mariage. Le présent, le passé, pénétrèrent dans son cœur comme des éclairs qui se croisent; ces différentes images s'y confondaient, et lui causaient un trouble qui n'échappa point à l'attentif Olivier.

Quoique Vermont eût déjà appris à Grenoble le mariage de Louise, cet événement était pour lui trop nouveau, trop surprenant, pour ne pas éprouver, en paraissant devant elle, un embarras visible. Quoique Olivier l'eût remarqué, comme il était dans le cas de s'observer lui-même, il n'était pas en état de mettre fin à cette scène muette. Les regards de Louise rencontrèrent les siens qui paraissaient vouloir lui inspirer du courage. Il lui fut impossible de les soutenir ; une voix intérieure lui reprochait son trouble : « Ne doit-il pas croire, lui disait cette voix, que tu te sens honteuse de lui appartenir ? » Cette idée ébranla toute son âme, et réveilla toute son énergie. Elle se représenta Olivier dans toute sa gloire ; elle se sentit fière d'être son épouse. Son ange tutélaire observa son triomphe ; il fit disparaître, en souriant, la rougeur de son front, et ôta le lien de sa langue. D'un air aisé et affable, elle engagea le marquis à s'asseoir, prit Olivier par la main, le fit asseoir à côté d'elle, et demanda alors à Vermont s'il avait parlé lui-même à son frère ?

Vermont. Certainement. Je fus,

en ma qualité d'adjudant-général de l'armée des Alpes, en mission à Genève, et j'eus le bonheur d'y trouver votre frère.

Louise. A Genève? je croyais qu'il habitait le canton de Fribourg.

Vermont. Après avoir attendu inutilement pendant plusieurs mois des nouvelles de sa famille, les lettres qu'il avait adressées à son correspondant de Genève étant restées sans réponse, il quitta sa retraite isolée dans l'intention de mettre, à tout prix, un terme à sa poignante incertitude. Ses amis de Morges lui fournirent une occasion sûre de s'embarquer sur le lac de Genève, d'où le hasard le conduisit à mon auberge; et vous ne pouvez juger vous-même, madame, du plaisir que nous eûmes à nous embrasser.

Louise. Ce bon Théodore! que

de changemens ont eu lieu depuis notre séparation ! Est-il instruit de la perte que nous avons faite?

Vermont. Il l'a été par moi - même, un de mes amis me l'ayant apprise peu de temps auparavant. Je ne vous parlerai de sa douleur que pour vous dire qu'il éprouva quelque soulagement dans mes bras. Nous restâmes trois jours ensemble ; je rejoignis l'armée, et je me serais acquitté plus tôt de ma promesse de vous faire parvenir cette lettre, si j'avais osé me confier à la poste ou à des mains étrangères. Le décret qui expulse des armées tous les ci-devant nobles, m'a fourni l'occasion de m'acquitter moi-même de sa commission. Il remit la lettre à Louise qui la cacha dans son sein. « Vous avez probablement quelques ordres à donner, dit Olivier; je ferai, en attendant, compagnie à notre cher hôte. » Il avait lu dans ses yeux son impatience à lire la lettre de son frère. Louise les quitta, et Olivier, qui avait vu souvent le marquis aux armées des Alpes, s'informa auprès de lui de plusieurs personnes qui lui étaient également connues. Quelques-unes étaient dans les fers, d'autres avaient disparu. Ils se consolèrent à la fin réciproquement de l'espoir que la nation se réveillerait enfin, et enleverait à la tyrannie le masque de la liberté.

Vermont avait fait son voyage sur les ailes de l'Espérance. L'image enchanteresse de Louise était toujours profondément gravée dans son cœur. L'épouse qu'on lui avait destinée avait émigré depuis quelque temps avec son père. Cette circonstance l'avait affranchi de la contrainte que

l'honneur lui avait imposée jusqu'ici.
Il se croyait près du but où tendaient
ses vœux les plus chers, lorsqu'il se
vit tout-à-coup réveillé de ce songe
enchanteur. Son âme fut long-temps
en proie à une foule d'idées confu-
ses, comme le nautonier qu'un coup
de vent rejette loin du port dans lequel il allait entrer. Tantôt il voulait envoyer la lettre à Louise par
son domestique, tantôt il se décidait
à la lui porter lui-même. Son amitié
pour Théodore, et un sentiment secret qui peut-être était de la curiosité, peut-être même un reste d'a-
mour, le firent pencher enfin pour
le dernier parti. Il descendit à l'auberge du village pour recueillir des
renseignemens sur les nouveaux
époux, et des motifs de ce mariage
si inattendu. Il n'aurait pu trouver
une meilleure occasion pour attein-

dre son but : l'aubergiste, quoique bavard, était un homme bien pensant, qui lui représentait Louise comme un ange, et Olivier comme un homme de bien qui était généralement estimé. « L'on sait bien, ajouta-t-il, qu'il n'a épousé la fille de notre bon seigneur que pour lui conserver sa liberté et la préserver de la misère, et c'est, par Dieu! une belle action qui attirera sur lui les bénédictions du ciel. »

Une jalousie naissante contre Olivier, un mécontentement contre Louise, qui tenait même du mépris, s'étaient déjà emparés de l'âme du marquis ; ce récit les dissipa entièrement. Il rougit de lui-même, et fit prier Olivier de venir le trouver pour l'avertir de sa commission, et se faire introduire par lui-même auprès de Louise. La manière franche

et noble dont il fut accueilli par le
nouvel époux l'eût entièrement désarmé, si le moindre sentiment de
prévention avait pu rester dans son
cœur. « Louise pourrait croire, lui
dit Olivier, que les amis de son frère
ne sont pas aussi les miens, si vous
logiez ailleurs que sous mon toit. »
En un mot, il ne s'était pas écoulé
une demi - heure, que le cœur de
Vermont fut entièrement à lui, et
il excusa complétement Louise de
s'être jetée dans les bras d'Olivier.
Elle ne revint auprès d'eux que pour
les appeler à souper. Elle y remplit
les fonctions de ménagère avec cette
grâce naïve qui décèle plutôt un bon
cœur qu'une bonne éducation. Son
humeur était extraordinairement
gaie; elle ne parlait cependant que
lorsque les convenances l'exigeaient.
On pouvait aisément s'apercevoir

qu'il se passait quelque chose en elle qui était étranger à la conversation, à laquelle elle ne se mêlait quelquefois que pour ne pas paraître trop préoccupée. Vermont et Olivier attribuaient sa gaîté à la lettre de son frère qu'elle devait avoir lue après les avoir quittés. Tous les deux l'observaient avec une attention également tendre, et chacun se disait souvent en lui - même : « Heureux, ô bien heureux celui qui est aimé de cette céleste créature, et qui peut l'appeler son épouse ! »

Vers la fin du repas Vermont parla de son départ, qu'il avait fixé au lendemain. Olivier l'engagea à plusieurs reprises, et de la manière la plus pressante, à le différer encore d'un jour. Louise se taisait, mais son visage était en feu; Vermont rougit aussi, et ne savait plus que répondre.

« Soyez mon interprète, dit Olivier à Louise ; il n'oserait vous refuser ma prière. » Je ne pense pas, répondit-elle, que M. de Vermont puisse douter un instant que votre prière ne soit aussi la mienne. » Vermont s'inclina. « Cette déclaration, dit-il, m'engage à cesser de me regarder chez vous comme un homme étranger; mes jours de bonheur sont trop rares pour ne pas accepter avec reconnaissance celui que vous daignez m'offrir. « On se leva de table. Pendant qu'Olivier accompagnait son hôte dans sa chambre, Louise se jeta dans un fauteuil, comme fatiguée d'une tâche pénible, mais dont l'heureuse issue remplit l'âme d'une douce satisfaction : son front était rayonnant, sa poitrine, oppressée pendant si long-temps, respira enfin ; ce n'était pas un soupir qui s'échappait,

5.   10

c'était l'*amen* d'une grande résolution. Elle tenait dans sa main la lettre de son frère, lorsque Olivier rentra dans la salle : elle s'approcha de lui, et la lui remit déployée en disant : l'amitié n'a point de secrets. « Il lut. Un sentiment inconnu qui siégeait dans le plus profond repli de son cœur se répandit dans toutes ses veines, et couvrit son front d'une rougeur ardente. La lettre contenait, entre autres, le passage suivant :

« Vermont m'a apporté la nouvelle de notre malheur. Je l'ai cependant revu avec plaisir, puisqu'il m'offre, après un si long silence, l'occasion de m'entretenir avec ma Louise. Il t'aime depuis long-temps, mais ce n'est qu'aujourd'hui qu'il lui est permis de te le dire. Je crois avoir remarqué qu'il ne t'était pas indifférent : si effectivement je ne me suis pas trompé, tu dois l'estimer davantage aujourd'hui qu'il te fait l'offre de sa main dans une circonstance où bien d'autres la retireraient. Si ton cœur est libre, Vermont n'a pas besoin de mon intercession ; s'il ne l'est plus, je dois m'abstenir de te parler pour lui. »

Au milieu de la tempête qui tourmentait le sein d'Olivier, il avait jeté sur Louise un regard qui avait suffi pour rendre le calme à son âme agitée : la sainte innocence, la céleste bonté qu'il lisait dans son regard, dissipèrent le nuage, et il redevint lui-même. « Louise est libre, lui dit-il en lui rendant la lettre. — Je le sais, répondit-elle ; et, en passant devant lui avec la rapidité d'une sylphide, elle imprima sur sa joue le baiser le plus significatif et le plus énigmatique que jamais le sentiment triomphant ait arraché à la modestie virginale. Elle était déjà loin avant qu'Olivier se fût assuré s'il était bien éveillé, ou si ce n'était qu'un songe.

Le voyageur dont les yeux sont subitement frappés par un météore céleste, le poursuit encore long-tems d'un regard avide sur l'horizon dépouillé; c'est ainsi que l'œil d'Olivier était fixé sur la porte par laquelle Louise était disparue : il poursuivit long-temps cette apparition enchanteresse; mais il ne vit plus que l'image qu'elle avait laissée dans son âme, et il retourna lentement dans sa chambre. Les mouvemens inconnus qui l'avaient surpris pendant la lecture de la lettre l'agitaient encore comme l'écho d'un orage lointain, et il avait maintenant le temps de les approfondir. Il frémit en y découvrant les symptômes affreux de la jalousie. « Misérable que je suis ! se dit-il en lui-même, quel droit ai-je sur Louise ? n'ai-je pas moi-même condamné ma passion ? où est ce courage désintéressé avec lequel je voulais renoncer à elle pour aller chercher l'homme que je croyais fait pour la rendre heureuse ? Et maintenant que ce même homme, guidé par la main de la Providence, me prévient ; maintenant que son frère appose le sceau à mon projet, et au moment où je dois prouver à Louise que je n'étais pas un hypocrite en lui promettant de ne la regarder que comme un dépôt sacré qui m'a été confié, je veux, homme vil que je suis, m'approprier ce dépôt, et éviter l'accomplissement de mes saintes promesses ! — Je sais que je suis libre, m'a-t-elle dit, et son baiser a

été le remercîment de cette convic-
tion : ce baiser me sommait de couronner mon ouvrage. — Non , fille
céleste , tu ne devras pas t'être mé-
prise sur le compte de ton ami; son
sacrifice est grand , mais sa récompense le sera aussi : c'est avec estime
que tu prononceras son nom à ton
amant; et au moment de notre séparation , tu auras peut-être quelque
regret de ne pouvoir lui être autre
chose qu'une amie. »

Pendant ce monologue , il se jeta
sur son lit; il ne put fermer l'œil , et
veillait sévèrement sur son cœur. La
lettre de Théodore était ouverte devant lui; il la lut une seconde fois,
puis la relut encore ; il en pesa chaque phrase, chaque mot, et s'applau-
dit toujours davantage de sa résolution. Son âme souriait à son sacrifice , et jouissait d'avance du bon-

heur de Louise, ainsi que du plaisir que devait éprouver le malheureux Théodore en apprenant l'union de sa sœur avec son ami.

Louise aussi était contente d'elle-même. Elle se retraçait successivement les différentes scènes de cette soirée si riche en événemens Les rapides pulsations de son cœur marquaient chaque moment des heures qui s'enfuyaient ; à chacune elle formait un projet qu'elle rejetait à la suivante. Enfin les ailes de son imagination s'affaiblirent ; un doux anéantissement lui fit pencher la tête sur son oreiller, et elle s'endormit.

Aussitôt qu'Olivier s'aperçut que Vermont était levé, il s'empressa d'aller le trouver ; son salut fut cordial, et lui fut rendu de même.

Olivier. Vermont, vous n'étiez

jusqu'ici pour moi qu'une connaissance ; devenons amis.

Vermont l'embrassa. « Je le veux bien, et que Louise soit l'ange protecteur de notre pacte. »

Olivier. C'est pour elle que je demande la première preuve de votre amitié. Ne connaîtriez-vous pas un moyen sûr de faire passer ces vingt-cinq louis à son frère ?.

Vermont. Certainement. Dès le commencement de la révolution, mon père a fait passer à Genève une partie de ses fonds ; ils sont entre bonnes mains, et je n'ai qu'à écrire à son correspondant de compter la somme à votre beau-frère.

Olivier. Mais ne courrez-vous aucun risque ?

Vermont. Aucun ; notre correspondance est à l'abri de toutes les ruses des espions.

Olivier. En ce cas, j'accepte votre offre. Bon Théodore ! quand pourrons-nous nous revoir ?

Vermont. Avec quelle satisfaction ne lui céderais-je pas la moitié des heures fortunées dont je jouis dans cette maison ! mais il doit cependant en jouir dans l'éloignement. Je lui ferai part de l'union de sa sœur avec l'ami de son enfance.

Olivier. Commencez par connaître la nature de cette union. Après lui, vous êtes le seul homme dans le monde qui ait le droit d'apprendre notre secret. Louise est toujours mademoiselle de C*** ; je lui ai prêté mon nom, parce qu'il pouvait, mieux que le sien, la protéger à cette affreuse époque. Je ne suis que le gardien d'un saint trésor, que je céderai à celui auquel l'amour y donnera des droits. Bref, mon ami, Louise est

5.

libre, et dès ce moment vous avez le droit de la considérer comme telle.

Vermont fixa avec étonnement les yeux d'Olivier qui lui confirmèrent ce qu'il venait de lui dire. Après une courte pause, mais qui n'en était pas une pour son cœur, il saisit sa main brûlante : « Homme inconcevable ! »

Olivier. Inconcevable ? pas pour vous, je l'espère, et non plus pour Louise ; elle connaît mon cœur.

Vermont. Elle doit donc le récompenser. N'aimez-vous donc pas cet être céleste ?

Olivier (troublé). Il n'est, en ce moment, question que du bonheur de Louise, et c'est à moi de demander à mon ami Vermont s'il aime cette adorable fille. Il y a quelques années que je le croyais, et toutes les fois que nous nous rencontrions dans la campagne, vous m'en parliez avec une chaleur qui ne pouvait que confirmer ma supposition.

Vermont. Mon ami, votre question.....

Olivier. N'est pas une question provoquée par la curiosité ; pour vous la faire, j'étais sur le point de vous chercher à l'armée ou au domicile de votre père. — (En ce moment Louise vint frapper à la porte). « Le déjeuner vous attend, leur dit-elle ; » et cet avertissement fut un coup électrique pour chacun des deux amis. Ils se précipitèrent au-devant d'elle et la suivirent dans sa chambre. Louise était d'une humeur douce et sereine, et plus séduisante que jamais aux yeux de Vermont et d'Olivier. Elle était mise absolument comme le jour de son mariage, à l'exception d'une rose qui remplaçait le bouquet de violette. Cette circonstance n'échappa point à Olivier ; elle réveilla dans son cœur d'augustes souvenirs, et en même temps de fortes appréhensions. «Elle veut, pensa-t-il, te rappeler tes solennelles promesses, parce que le moment approche où il faut les accomplir. Elle verra que ce n'est pas en vain qu'elle a cru à la vertu.» Le calme que sa résolution avait imprimé à son âme répandit sur tout son être une sérénité qu'alimentait encore la douce gaîté de Louise. Après le déjeuner elle proposa une promenade ; c'était un beau jour du mois de mai, et la riante nature avait couvert le sol de la vallée d'un tapis émaillé que Louise parcourait avec la légèreté de Flore. Les oiseaux paraissaient la saluer par la douce mélodie de leurs chants, et chaque source qui coulait du haut des collines offrait l'image de sa belle âme.

Au retour, elle rencontra un petit garçon avec une fauvette qu'il venait de prendre. « Vends - moi ton oiseau, lui dit - elle. — Volontiers, répondit-il ; elle l'acheta, et lui rendit sur-le-champ la liberté ; et Olivier, par un tendre regard, sembla lui dire : *Je t'ai comprise.*

Après le dîner il s'éloigna sous le prétexte d'une affaire très-pressée ; mais c'était pour fournir à Louise et à Vermont l'occasion de se trouver seuls. Elle lut son intention dans son âme, et cette nouvelle victoire que sa générosité venait de remporter sur son amour, lui arracha une larme. Olivier la vit ; il l'attribua à une nouvelle marque de reconnaissance, et s'éloigna rapidement. « Il fait si beau au jardin, dit Louise à Vermont, ne voulez-vous pas y aller ? » Vermont lui offrit le bras. Louise le conduisit

par tous les sentiers de son petit do-
maine. Le sujet de la conversation
était indifférent, mais la conversation ne pouvait jamais l'être. L'accent enchanteur de sa voix, et plus
encore la solidité de sa raison, prê-
taient un charme aux choses les plus
simples, sans cependant leur donner
la moindre importance. Elle s'arrêta
enfin devant une charmille couverte
de feuilles de vignes. « Vous devez
être fatigué, Vermont, dit-elle; re-
posons-nous sous ce berceau, nous y
respirerons le parfum de la fleur des
vignes. » Elle sortit alors son ouvrage, et amena la conversation sur son
frère. Il fallut qu'il lui répétât tout
ce qu'il lui en avait déjà dit, et
qu'il répondît à vingt questions nouvelles.

Louise. L'idée que je suis à jamais
séparée de lui me pèse cruellement ;

mais la crainte qu'il ne soit peut-être exposé au besoin me pèsc encore davantage.

Vermont. Il n'a pas souffert jusqu'ici ; il sait se restreindre , et je vous ai déjà dit que son vénérable ami Gilbert partageait son traitement avec lui.

Louise. Gilbert , mon second père , veut aussi être le sien ! mais Théodore a aussi une sœur qui ne l'oubliera jamais. Ne sauriez-vous pas un moyen , cher Vermont , de lui faire passer une petite somme que j'ai mise de côté pour lui?

Vermont. La chose est à peu près faite.

Louise. Que voulez-vous dire?

Vermont. Olivier m'a remis la somme, et dès que je.....

Louise. Olivier ! Dieu que me dites-vous là ?

Vermont. Ah! aurais-je trahi un secret?

Louise. Oh! dites, dites, j'en sais déjà trop pour ne pas en savoir davantage.

Vermont. Il m'a remis de votre part vingt-cinq louis pour les faire passer à votre frère.

Louise (en pleurs). Je le reconnais là; il prévient tous mes souhaits. Je n'aurais pu en faire autant pour mon Théodore. Ah! Vermont, n'est-il pas vrai qu'Olivier est un noble mortel?

Vermont. Oui, il l'est; son cœur est grand et généreux; il m'en a donné ce matin une preuve qui m'a ravi d'admiration.

Louise. Je devine cette preuve; il vous aura confié le secret de notre union; je connais ses motifs.

Vermont. Il voudrait vous savoir

heureuse, et il doute que vous puissiez l'être par lui.

Louise. Ce doute me le rend infiniment plus cher; et si je vous
disais encore qu'il m'aime, qu'il
m'aime plus que lui-même, sans
avoir jamais osé me le dire, et qu'il
était prêt à sacrifier à mon bonheur
son amour et le repos de sa vie, il
vous deviendra certainement aussi
cher qu'il me l'est à moi-même.

Vermont. Ce qu'il m'a caché me
le rend encore plus estimable à mes
yeux que ce qu'il ma confié.

Louise. Il y a encore un secret
qu'il ne pouvait pas vous confier,
parce qu'il ne le connaît pas encore;
c'est celui de mon amour pour lui.
Je vous l'avoue avec un doux orgueil.

Vermont. Il en est digne. Hier
encore j'aurais pu être jaloux de son

bonheur; je me mépriserais aujourd-d'hui si je pouvais lui porter envie. Nous avons formé ensemble un lien d'amitié qui durera éternellement.

Louise (avec une noble émotion). Vermont, voulez-vous aussi être mon ami?

Vermont. Si je le veux! ah! si vous saviez! .... mais l'honneur, l'amitié me défendent.....

Louise. Je vous comprends, Vermont! je ne dirais pas cela à un homme ordinaire; mais c'est justement parce que je vous comprends que je vous répète ma question : Voulez-vous être mon ami, rien que mon ami? Je puis, comme amie, être beaucoup pour vous.

Vermont (à ses genoux). Divine Louise! la présence d'un ange donne des forces pour tous les genres de sacrifices; recevez-le, ce sacrifice, son gage est dans ma main.

Louise. Et voici la mienne; le baiser qui doit mettre le sceau à notre alliance, je vous le donnerai lorsque Olivier pourra en être le témoin.

« Il le pourra, dit Olivier, qui entrait alors dans la charmille; il vient pour unir vos mains; elles le sont déjà, il ne manque plus que le sceau du baiser. » Louise le regarda avec un sourire céleste; Vermont, qui tenait toujours sa main qu'il voulut porter à sa bouche au moment de l'arrivée d'Olivier, se releva en rougissant. Celui-ci passa son bras autour de la taille de Louise, et la fit approcher de Vermont, en disant: « Donnez-lui donc le baiser qui doit sceller votre union. » Louise baisa la joue brûlante de Vermont; et se

tournant vivement vers Olivier :
« J'ai aussi quelque chose à vous
donner, lui dit-elle avec un accent
qui décelait le plus tendre amour.
Vous êtes déjà possesseur de ma
main; mais vous ne saviez pas que
vous possédiez aussi mon cœur, et
je ne sais que depuis hier que j'étais
maîtresse du vôtre. Voici ce que j'ai
encore à vous donner. » Et elle lui
remit avec un empressement enchanteur la clef de communication qui
sépare leurs appartemens.

Tel Pygmalion contemplait dans
une muette extase la statue de son
Elise s'animer, son sein de marbre
palpiter de vie, ses yeux se colorer
insensiblement, et lui lancer le premier regard d'amour; tel était Olivier devant Louise absorbée dans
une joie céleste. Elle se jeta dans ses
bras et le pressa contre son sein :

« Pardonne-moi, cher amant, lui dit-elle, pardonne l'heureuse curiosité qui m'a découvert le secret de ton cœur trop timide. Je t'avais surpris hier à écrire une lettre; tu oublias de fermer ton secrétaire, et je fus poussée, comme par un pouvoir surnaturel, à la lire. A l'avenir aucun de tes secrets n'excitera ma curiosité. »

Olivier (en pressant sa main contre ses lèvres). Parce que je n'en aurai plus aucun pour ma Louise. Dieu! est-il bien possible? Louise mon épouse!

Louise. Et Vermont notre ami; il est digne de toi et de moi; c'est ce que je lui disais au moment où tu es entré dans la charmille.

Olivier les serra tous les deux dans ses bras, et Vermont savoura à longs traits cette précieuse vérité, *que la vertu trouve une suprême jouissance même dans la privation.*

Louise. Que cette charmille soit à l'avenir consacrée à l'amitié. A la place de cette table, mon Olivier élevera un autel décoré de nos chiffres entrelacés, et chaque fois que nous viendrons le visiter, nous célébrerons le souvenir de cette heure fortunée.

Ils demeurèrent encore long-temps dans ce lieu qu'ils venaient de sanctifier; les anges protecteurs de l'amour et de l'amitié, en agitant autour d'eux leurs ailes de roses, faisaient passer leur propre félicité dans leurs âmes attendries. Louise, de retour dans sa chambre, porta ses regards sur le portrait de son père, comme pour lui demander sa bénédiction. Tout-à-coup elle se sentit pénétrée de cette émanation religieuse par laquelle les bienheureux se manifestent à nous, et qui n'est pas plus une illusion pour leurs initiés, que ne l'est la commotion électrique par laquelle se revèle au Barde inspiré la présence de son génie. *Sois bénie, ma fille, tu as bien fait;* c'est ainsi que Louise interpréta l'oracle mystérieux; et une larme céleste vint briller dans ses yeux.

Son second repas de noces fut aussi silencieux, mais bien plus heureux que le premier; et Louise était bien plus contente. Les heureux époux étaient plus occupés de Vermont que d'eux-mêmes, et le bonheur de ce dernier était égal au leur.

« O vertu! vertu! il n'y a que Dieu qui te surpasse en puissance; tu rends toute victoire facile pour les

mortels; tu fais du bonheur de notre ami notre propre bonheur; tu
épures même les plaisirs des sens,
et tu ouvres à tes néophytes un
paradis là où les profanes ne
trouvent qu'une arène pour leurs
passions. » C'est ce que sentait Olivier lorsqu'il conduisit sa bien-aimée
dans la chambre nuptiale; c'est ce
que sentait également Louise au
moment où son amant, tremblant
de bonheur, la serra dans ses bras
en lui répétant les belles paroles
d'Young : *« Donne-moi le monde
entier, et demande-moi où est ma
felicité. Je te serre contre mon
cœur et je réponds : Là, dans mes
bras. »*

Vermont partit le lendemain; il
était meilleur et plus content qu'il ne
l'avait été à son arrivée. Il est vrai
qu'il lui avait fallu abandonner un

riche trésor; mais il en emportait un plus riche encore. Il ne s'arracha qu'avec peine des bras de ses amis. Leurs bénédictions l'accompagnèrent, leurs images voltigeaient sans cesse autour de lui, et lui présentaient alternativement le prix de la victoire qu'il venait de remporter.

Olivier et Louise commencèrent une nouvelle existence : le soleil se levait plus majestueux pour eux, les étoiles scintillaient plus vivement à la voûte du ciel. La timide contrainte disparut entre eux; l'ancienne gaîté de Louise revint peu à peu, et répandait une nouvelle vie sur tout ce qu'elle faisait. On voyait souvent la charmante fermière, vêtue d'une robe gris de lin, coiffée d'un chapeau de paille, s'occuper sur le pré à entasser avec une fourche légère l'herbe séchée des Alpes. Au temps

de la moisson, elle apportait la bois-
son qui rafraîchissait les moissonneurs
altérés, ou bien elle essayait même de
manier la faucille; et lorsqu'aux momens du repos les jeunes moissonneurs entonnaient leurs chansons
champêtres, elle leur chantait à son
tour une touchante romance qui
charmait leurs oreilles et pénétrait
leurs cœurs.

A cette époque se préparait dans
la capitale *la révolution* dite *du 9
thermidor*. Les tyrans avaient peu à
peu envoyé à l'échafaud les plus re-
doutables de leurs acolytes; leur rage assassine ne connaissait plus de
bornes, parce qu'il n'en existait plus
à leur pouvoir : ils dirigèrent leurs
foudres sur la convention, et la ven-
geance que ne pouvait exercer la
justice impuissante, fut enfin éveil-
lée par la terreur. Les Nérons tom-

bèrent, les tribunaux de sang furent
fermés, et les cachots s'ouvrirent;
un demi-million d'innocentes victimes de la haine, de la cupidité, de
l'intolérance politique et religieuse,
rentrèrent dans leurs habitations dé-
sertes, et le citoyen paisible put enfin respirer librement. Olivier et
Louise célébrèrent dans le silence
cette victoire de l'humanité outra-
gée, et se préparaient pour les ven-
danges, lorsqu'ils reçurent la lettre
suivante de leur ami Vermont, qui
ne leur avait écrit qu'une seule fois
depuis son départ.

« Un voyage à Paris, mes uniques
amis, a été la cause de mon long silence, que vous excuserez certainement lorsque vous en connaîtrez le
résultat. Ce n'est qu'à vous que je
confie la joie qui remplit mon cœur,
parce qu'il n'y a que vous qui puis-

siez sentir ce que j'éprouve. Il y a
un mois que mon père m'envoya à
une de nos terres, située dans le Ju-
ra, pour en renouveler les baux. On
m'annonça un jour un paysan étranger qui désirait me parler : c'était
un vieillard d'une figure vénérable,
dont les cheveux blancs et le grave
maintien inspiraient le respect. Je lui
demandai ce qu'il voulait; ses regards inquiets parcoururent tout mon
cabinet, et après que je l'eus assuré
que nous étions seuls, il me dit:
Pouvez-vous m'accompagner jusqu'à
ma ferme qui est située dans une
forêt de l'autre côté de la montagne?
Vous n'aurez pas à regretter la peine que vous aurez prise. Ne me faites pas de questions, car je n'ose pas
vous en dire davantage. Je ne suis
pas naturellement soupçonneux; le
regard ouvert, l'air et le ton de fran-

chise du vieillard m'inspirèrent la
confiance, et je le suivis à l'instant.
Après une marche pénible à travers
des collines et des rochers, nous at-
teignîmes enfin la fôret, à l'issue de
laquelle on voyait une chaumière
spacieuse, entourée d'une haie vive,
autour de laquelle paissait un troupeau de moutons et de vaches. Le
vieillard me conduisit dans la chaumière, m'ouvrit une chambre, et
m'invita à y entrer. Il y faisait sombre, car son étroite fenêtre de papier
n'y laissaient pénétrer qu'une faible
clarté. Dans un coin je vis un lit près
duquel était assise une jeune paysanne occupée à chasser les mouches à
un malade qui y était couché. « Venez vous asseoir, Monsieur, » dit la
jeune fille d'une voix douce et triste,
en m'offrant sa chaise. Je m'y assis,
et la jeune garde-malade se plaça de-

bout au pied du lit. Le malade me
tendit la main. Il est impossible,
mon cher Vermont, me dit-il d'une
voix cassée, que vous puissiez reconnaître sous les traits de la mort, et
dans cette misérable situation, l'ami
de votre père, le comte de L***.
Mon âme fut bouleversée à ces mots;
je me jetai sur le malade, je baisai
ses joues caves que je mouillai de
mes larmes. Grand Dieu ! m'écriai-
je, je vous trouve ici ! Tout le
monde vous croyait émigré. —
C'est moi-même, dit-il, qui ai fait
répandre ce bruit, pour me dé-
rober d'autant plus sûrement aux
sicaires du furibond proconsul qui,
sous le prétexte bannal d'une conspi-
ration, avait lancé contre moi un
mandat d'arrêt. Après que j'eus erré
pendant trois jours dans les montagnes, je me réfugiai chez cet honnê-

te vieillard qui avait été ancienne-
ment mon palefrenier : il me reconnut malgré mon déguisement, lorsqu'un hasard heureux, ou plutôt la
main invisible de la Providence, me
conduisit devant sa porte où je lui
demandai un peu de paille pour y
reposer pendant une nuit. Depuis
cinq mois qu'il me donne l'hospitalité au péril de sa vie, il partage avec
moi son pain d'orge et son lait. Le
chagrin qui, depuis si long-temps,
rongeait mon cœur, me conduisit
enfin sur le lit de douleur, au moment même que la nouvelle de la
chute du triumvirat me fit entrevoir
une lueur d'espérance. Mes biens ne
sont point encore vendus, et mon
persécuteur sanguinaire est aujour-
d'hui lui-même dans les fers. J'appris
hier de mon hôte, mon cher Vermont, votre arrivée dans cette con-

trée. J'espérais que le vœu d'un mou-
rant serait sacré pour vous, et je ré-
solus de le déposer dans votre sein.
Ma fille a partagé avec un véritable
héroïsme mes dangers et mes souffrances; elle est devant vous.... «Je
me levai vivement de ma chaise pour
saluer Eugénie : ses vêtemens com-
muns, et l'obscurité de la chambre ,
me l'avaient rendue aussi méconnais-
sable que l'était d'abord pour moi son
père : je ne l'avais vue , au surplus,
que fort rarement , et jamais depuis
la guerre. Une douce rougeur vint
animer son visage pâle, et un profond
soupir étouffa ses paroles : elle s'inclina avec une noble modestie; et
lorsque je la pris par la main pour
lui céder ma chaise, qui était la seule
qui se trouvait dans la chambre, elle
laissa tomber sur la mienne une gros-
se larme brûlante. J'ai dit sur ma

main ; non, mes amis, c'est sur mon cœur qu'elle tomba. Eugénie n'avait pu me toucher lorsqu'elle était encore entourée de l'éclat de sa naissance et de sa richesse : son air fier, sa frivolité, la grâce qu'elle croyait me faire en jetant sur moi un regard de bienveillance, et plus que tout cela, l'image de notre Louise, pourquoi devrais-je le taire maintenant ? oui, l'image de notre Louise, lui fermèrent tout accès dans mon cœur : mais Eugénie vêtue en paysanne me parut différente lorsque je la vis enveloppée du deuil du malheur, une larme dans son œil abattu, et près du lit de mort de son son père, qui l'appelait sa consolatrice et son soutien ; son costume actuel lui donnait même plus de ressemblance avec la personne sous l'image de laquelle j'étais accoutumé

5.

à me créer le plus parfait idéal de
l'amabilité féminine. Il se passa plus
d'une minute avant que je pusse me
remettre de mon trouble. Je me tus;
mais ma main qui, pendant cette
pause, avait constamment pressé sur
mon cœur celle du comte, ne lui
permit pas de mal interpréter mon
silence. Je recouvrai enfin la parole :
« Dites, ordonnez, monsieur, que
puis-je faire pour vous? Puis-je
acheter votre repos avec mon sang?
— Avec du sang? répondit-il; non,
bon jeune homme, on n'achète pas
le repos avec du sang. Je voudrais
que vous vous rendissiez à Paris pour
être mon médiateur auprès du comité de la Convention. Ce mémoire,
et le nom exécré de mon persécuteur, seraient, à ce que j'espère,
suffisans pour prouver mon innocence : mais je suis persuadé que la

municipalité du lieu de ma naissance, qui n'est plus aujourd'hui
comprimée par la terreur, attestera
l'innocence de ma conduite par les
témoignages les plus authentiques.
— Eh bien! lui répondis-je, don-
nez-moi vos papiers, je suis prêt à
partir. Permettez cependant que je
me rende auparavant chez moi en
toute hâte, pour vous chercher quelques provisions. — « Ah! monsieur,
s'écria alors Eugénie du ton de la
plus touchante sensibilité, je vous
devrai la vie de mon père! » Le
comte ne manquait pas d'argent;
mais la ville la plus proche était à
dix lieues de la ferme, et le bon paysan n'eût pu, sans se rendre suspect,
y acheter les choses nécessaires à
l'état du comte, dont la maladie était
plutôt un épuisement qu'une véritable fièvre lente. Je me rendis donc

à ma campagne, accompagné du vieil Antoine, dont je remplis la hotte de quelques flacons de vin d'Espagne, de quelques livres de chocolat, d'une sacoche de farine blanche, et de toutes sortes d'autres comestibles ; je donnai en même temps l'ordre à notre régisseur de délivrer à ce vieillard, pendant mon absence, tout ce qu'il pourrait lui demander. Nous retournâmes alors à la ferme, où nous ne fûmes de retour qu'à l'entrée de la nuit. Eugénie accourut à ma rencontre jusqu'à la porte de la chambre, et le vieillard posa sa hotte à ses pieds ; pendant qu'elle la déballait, son visage était rayonnant de joie ; mais je pus lire dans chacun de ses traits que son père était le seul objet de son contentement. Vous auriez dû voir ce superbe tableau de nuit, chère Louise ; il

était digne de votre pinceau. Il y
avait sur la table une lampe, dont la
faible lueur éclairait cependant cette
chambre bien plus qu'elle ne l'était
ordinairement par le grand jour.
Eugénie, dont alors seulement je
pus remarquer la physionomie enchanteresse, et qui ne pouvait cacher entièrement sa taille de nymphe sous son costume de paysanne,
posa avec un sourire muet tous les
objets sur la table, et chaque fois
qu'elle en sortait un de la hotte, ses
yeux rencontraient les miens, et me
lançaient un regard rempli d'âme.
J'avais eu la précaution d'ajouter
quelques ustensiles de ménage, et
j'eus le plaisir d'offrir au comte un
verre de Malaga avec un biscuit.
Eugénie voulut que je lui fisse raison. « Je ne bois pas habituellement
du vin, dit-elle, mais je serai des

vôtres pour boire à la santé de mon
père et à celle de son bienfaiteur. »
C'est avec plaisir que je l'entendis
nommer d'abord son père; et lorsque, au bout d'un quart - d'heure,
celui-ci se sentit ranimé, que son
regard fut plus serein, sa voix plus
assurée, je vis l'aimable enfant sourire et pleurer en même temps; et,
dans le transport de sa joie, se jeter
au pied du lit, en couvrant tantôt
de sa bouche, tantôt de sa joue, la
main de ce respectable vieillard. Ce
moment, mes amis, fit disparaître le
rideau qui, jusqu'ici, m'avait caché
ma destinée; je sentis alors que l'a-
mour pourrait me rendre aussi heureux que je le suis aujourd'hui par
l'amitié. Vous connaissez ce sentiment, je n'essayerai donc pas de
vous le peindre.

» Je me disposais à retourner chez

moi; mais ni le père ni la fille ne
voulurent souffrir que je fisse cette
pénible route pour la quatrième fois.
On appela Antoine. « Ne pourriez-
vous-pas donner un gîte à ce monsieur ? lui demanda Eugénie avec
tant d'empressement, tant de bonté,
que le bon vieillard, qui n'avait pas
de lit à donner, ne savait comment
s'y prendre pour dire non. Je le
tirai d'embarras. « Désignez - moi,
lui dis-je, un endroit dans votre grenier à foin; les nuits ne sont pas encore froides, j'y serai toujours mieux
couché qu'au camp. » Eugénie me
regarda avec un air de commiséra-
tion, et son père me tendit la main
en disant : « Je souffrirai moins de
vous savoir dans le grenier à foin,
que couché en plein champ. « Eugénie sortit pour préparer un petit
repas de lait et d'œufs, et au bout

d'une demi-heure nous nous mîmes à table tout près du lit du malade. Depuis que je suis loin de vous, mes bons amis, je n'ai pas fait un repas aussi délicieux. Je me trouvais extrêmement bien, et dans cette situation je devais naturellement me rappeler de St.-Julien. Je me souvins de notre repas d'adieu; mon cœur était gonflé, heureusement qu'Eugénie me fournit l'occasion de le soulager. Elle me demanda depuis quand j'avais quitté l'armée? Et moi, avec quel délice je parlai de la visite que je vous avais faite à mon retour. Eugénie m'écoutait fort attentivement : voyons, pensai-je en moi-même, si son cœur est aussi généreux qu'il est tendre. Je lui racontai de Louise et d'Olivier tout ce que je pouvais en dire; c'était plus qu'il n'en fallait pour électriser une belle âme. Je vis son visage se colorer d'une vive rougeur, son sein se gonfler. Cela est beau, sublime ! dit-elle ; vous êtes heureux, monsieur, d'avoir de pareils amis.—J'espère, aimable enfant, qu'ils deviendront aussi un jour les vôtres, pensai-je en moi-même ; et lorsque vous aurez lu ceci, mon espoir sera réalisé. Le malade aussi m'écouta avec plaisir ; Olivier est digne de Louise, dit-il lorsque j'eus achevé mon récit, il s'est ennobli lui-même.

» Les fatigues de la journée, et les images enchanteresses qui m'avaient accompagné sur ma couche, me procurèrent un sommeil long et délicieux. Le malade lui-même avait mieux reposé qu'il n'avait fait depuis long-temps. Après avoir apprêté le déjeuner, c'est la première chose que me dit Eugénie qui venait me cher-

cher sur la pelouse où je me prome-
nais pour jouir des rayons du soleil
du matin. Ce n'est que lorsqu'elle
fut près de moi qu'elle me donna le
bonjour et m'invita d'aller déjeuner.
J'eus alors occasion de la considérer
dans un jour plus favorable que ne
l'est la clarté d'une faible lampe de
nuit. Je vis avec transport que, pendant les trois années de mon absence,
elle avait autant gagné en charmes
extérieurs qu'en qualités morales.
En un mot, Louise, je vis alors pour
la seconde fois que l'adversité, en
embellissant un cœur noble, impri-
me aussi à une figure noble une ma-
jesté touchante impossible à décrire,
et dont on ne doit pas chercher
l'idéal dans l'Olympe, mais ici-bas,
dans le sanctuaire de l'innocence
malheureuse. Mon cœur se brisa en
prenant congé du comte. Que votre

voyage soit heureux, me dit-il; et si, à votre retour, vous ne me trouviez plus de ce monde, songez que j'ai partagé ma dernière bénédiction entre ma fille et vous. Eugénie fondait en larmes, et n'attendit pas que j'eusse pris sa main pour la baiser; elle la mit d'elle-même dans la mienne et m'autorisa à y imprimer le premier sceau de mon amour.

» Les détails de mon voyage ne vous intéresseront pas beaucoup, mes chers amis; vous ne désirez que d'en connaître le résultat. Il a été très-heureux. Les papiers dont j'étais muni, et le témoignage de la municipalité de L...., que j'avais été chercher moi-même, ne me firent pas rencontrer beaucoup de difficultés auprès du nouveau comité, d'autant plus qu'il n'existait pas d'accusation précise contre le comte,

et que son persécuteur était con-
vaincu d'innombrables actes de cruauté et de persécution. Muni de l'arrêté qui constatait ma victoire, je par-
tis de Paris sur les ailes de l'Amour.
Je crus cependant nécessaire de faire un détour de quarante lieues, afin
d'instruire mon père de l'objet et du
succès de mon voyage. Jugez donc
de la joie qu'il éprouva à mon récit :
il avait cru son ami et sa fille perdus
pour toujours. «Tu sais, mon fils,
me di-til, qu'Eugénie t'était destinée;
il est vrai qu'elle a perdu plus de la
moitié de son héritage. — Oh! mon
père, lui dis-je en l'interrompant,
quand même elle eût aussi perdu
l'autre moitié, sa main serait encore pour moi un bien inappréciable.
— Ces sentimens me font plaisir,
mon fils; en diminuant nos besoins,
nous pouvons apprendre à nous pas-

ser du superflu que nous venons de
perdre. Ce n'est qu'après bien des
combats que j'ai reconnu cette vérité; à mon âge on n'aime plus à retourner à l'école, surtout à l'école
du malheur. Mais en nous privant
des titres de nos ancêtres, on ne
pouvait nous ravir aussi leur courage. Je te chargerai d'une lettre pour mon vieil ami, et j'ap-
puyerai les désirs de ton cœur. »
J'étais transporté de joie lorsqu'il
me remit sa lettre, et je continuai
mon voyage avec la plus grande cé-
lérité, sans même avoir passé la nuit
sous le toit paternel. Je crus nécessaire de descendre à ma terre pour
m'informer avant tout de la santé du
comte. Pendant mon absence le vieil
Antoine était venu deux fois chercher des provisions, et à son dernier
voyage il avait assuré mon régisseur

que le vieux seigneur allait mieux
de jour en jour. Il m'eût paru beaucoup trop long de faire à pied le trajet de chez moi à la métairie. Je par-
courus au grand galop la montée ra-
pide aussi loin que le chemin pouvait me le permettre, et je fis alors
reconduire mon cheval par le valet
dont je m'étais fait suivre. Au bout
d'une demi-heure je me trouvai,
non sans éprouver un grand batte-
ment de cœur, devant la haie qui
servait de clôture à la métairie. Pour
ne point causer au malade une surprise qui pouvait être dangereuse,
je crus qu'il était prudent de parler
d'abord à Eugénie. Vous pouvez deviner vous-mêmes, mes chers amis,
si c'était la prudence seule qui me
suggéra cette précaution. Antoine
se trouvait en dehors de la haie, occupé à traire ses vaches. Dès qu'il

me vit, il voulut entrer dans la chaumière; mais je lui fis un signe pour l'en empêcher. « Allez, bon vieillard, lui dis-je alors, allez appeler Eugénie, mais de manière que son père ne s'en aperçoive pas; comment se porte-t-il?—Oh! très-bien, mon cher Monsieur; depuis quatre jours *il* a pu quitter le lit et se promener dans la chambre appuyé sur le bras de sa fille. Tout est changé depuis que vous êtes venu ici; je ne vois plus de larmes, je n'entends plus de soupirs; Dieu vous en récompensera, mon bon Monsieur! » — Antoine entra; le comte sommeillait sur son lit, et une minute après Eugénie se précipita hors de la chaumière. Elle ouvrait la bouche sans pouvoir parler, ses genoux tremblèrent, et je fus obligé de la soutenir dans mes bras. « Remettez-vous, Mademoiselle, lui dis-je en lui baisant la main, remettez-vous, je ne suis pas un messager de malheur. » Elle était près de tomber en défaillance; ces paroles lui rendirent la vie. Une vive rougeur vint subitement colorer ses joues. « Dieu, que me dites-vous! ah, mon père!» Elle saisit mon bras. « Venez, oh, venez donc! mais non, je vais vous précéder pour lui annoncer votre arrivée. » Quelques instans après elle revint. « Il est éveillé, venez, messager de paix, il vous attend à bras ouverts. » Elle me prit par la main et nous entrâmes dans la chambre. « Est-il bien possible, me dit-il en m'embrassant, ma fille a-t-elle bien entendu? quelle sentence m'apportez-vous? — Une juste sentence, lui répondis-je; votre innocence a triomphé, voici l'arrêté qui lève votre

mandat d'arrêt. Dieu soit loué! dit-
il, mon Eugénie est sauvée; maintenant je puis mourir. — Vivez, vivez, ô le meilleur des pères! » s'é-
cria Eugénie en se jetant à son cou
et pressant son visage sur le sien.
L'émotion que venait d'éprouver le
comte était au-dessus de ses forces,
il lui fallut s'asseoir sur son lit. Sa
fille, toute tremblante, se plaça à
ses côtés, et passa son bras de rose
autour de son corps. Il se remit bientôt, et me prit la main. « Et vous,
mon sauveur, que n'avez-vous point
fait pour moi!

» *Moi.* Ce que cet ange eût
fait, s'il avait pu s'éloigner de
votre lit. Elle jeta sur moi un re
gard où se peignait sa belle âme,
et qui semblait me dire : *C'est la
vérité.*

» *Le Comte.* Cher Vermont, il

5.   14

m'est impossible de vous récompenser.

» *Moi.* Si je méritais une récompense, j'en connaîtrais une qui vous
ferait devenir mon plus grand bienfaiteur. En disant ces mots je regar-
dais Eugénie, qui rougit et se serra
davantage contre le vieillard attentif.
« Permettez-moi, continuai-je, de
laisser parler pour moi mon père;
vous pardonnerez plus volontiers sa
hardiesse à votre vieil ami. » Je lui
remis sa lettre et voulus m'éloigner.
« Restez, restez, me dit-il; que je
serais heureux si j'avais deviné son
contenu! » Il lut la lettre, et la remit ensuite à sa fille avec un regard
de tendresse et de contentement.
Eugénie lut : le papier trembla dans
ses mains; le plus charmant embarras de la pudeur virginale animait
ses traits; mais pas le moindre nuage

ne troubla la sérénité de son front.
Mon cœur battait fortement ; tous
ses fibres étaient dans la plus douce
contraction. Elle rendit la lettre à
son père et cacha son visage dans
son sein. Il imprima un baiser sur
son front, et m'attira à côté d'elle
sur le lit : alors, sans proférer une
seule parole, il plaça ma main dans
celle d'Eugénie et les pressa ensemble sur sa poitrine : jamais prêtre n'a
béni plus solennellement l'éternelle
union de deux cœurs. Je portai alors
avec respect mes lèvres sur sa main
et sur celle d'Eugénie, et les baisai
alternativement avec le vif sentiment
d'une tendresse religieuse (je ne saurais le nommer autrement), et sans
interrompre cet auguste silence, je
les mouillai long-temps des larmes
du bonheur. Le père et la fille me
comprirent, et vous, qui connaissez

mon cœur tout entier , vous aussi
vous me comprendrez. Eugénie pressa ma main entre les siennes , et
son père me nomma pour la première fois son fils. « Depuis long-
temps, dit - il, je vous avais destiné ce nom ; les terribles catas-
trophes de notre patrie paraissaient
devoir ruiner mon plan ; je vous per-
dis de vue , mais je vous gardai toujours dans mon souvenir , sans cela
je ne vous eusse pas choisi pour être
mon sauveur. Les entretiens que
j'eus , pendant votre absence , avec
ma fille , nous sont garans à tous les
deux que ce n'est pas seulement par
obéissance qu'elle vous donne sa
main. — Non , cher Vermont , ce
n'est pas non plus uniquement par
reconnaissance , » dit la charmante
fille en me présentant sa joue. Demandez à Olivier , ma chère Louise;

il vous dira quel ciel repose dans le
premier baiser de l'amour vertueux.
« Autrefois, continua-t-elle, et encore lorsque je vous vis pour la dernière fois, je ne connaissais ni l'a-
mour, ni l'amant que mon père
m'avait destiné : mon cœur était
oisif et, pourquoi ne vous l'avoue-
rais-je pas ? il était encore incapable
de vous apprécier. Le malheur l'a
mûri, et je crois pouvoir vous dire
sans orgueil qu'il est aujourd'hui digne du vôtre. —Vous n'auriez pu, ma
chère Eugénie, me faire mieux sentir
combien il me reste encore à faire
pour être moi-même digne de vous.»
Ce n'était pas un compliment, mes
amis, c'était la plus intime convic-
tion de mon âme. Ah! Louise, n'est-
il pas vrai que ma fiancée vous est
parente ? n'est-il pas vrai qu'elle est
digne d'être reçue dans notre al-

liance? Que pourrais-je encore vous dire maintenant? rien que ce qu'il vous serait impossible de deviner. Depuis avant-hier le comte et sa fille demeurent chez moi, et sous peu de jours nous partirons pour aller chez mon père et y célébrer notre mariage ; nous accompagnerons ensuite le comte dans ses terres, et, au retour du mois de mai, j'irai fêter avec Eugénie, et au sein de l'amitié, l'anniversaire de mon pélerinage à Saint-Julien, etc. »

Cette lettre causa à Olivier et à Louise une joie inexprimable : le bonheur de leur ami était une fleur nouvelle et délicieuse dont la Providence venait d'orner leur paradis. Ils y répondirent en commun, et Vermont reçut leur lettre le lendemain de son mariage. Il la lut à son amante : elle baisa la signature de

cette digne femme, et dit à son mari :
« Comment pouvais-tu, le cœur rempli de l'image d'une pareille amie, y trouver encore une place pour Eugénie? — Parce que mon cœur me désignait Eugénie comme la sœur jumelle de Louise. — Je veux la devenir, reprit-elle, et pour ne jamais perdre de vue mon modèle, je lui écrirai dès aujourd'hui pour la prier de me donner son portrait. »

Depuis la réception de cette agréable nouvelle, Olivier se promenait souvent tout pensif dans le salon : Louise le remarqua; mais comme son front restait toujours serein, et que souvent un doux sourire se présentait sur ses lèvres, elle ne voulait pas lui demander le sujet de ces monologues silencieux. Il se précipita une fois vivement vers elle, lui serra

tendrement la main, et lui dit :
« Louise, je pars demain. »

Louise. Tu pars? et pour où!

Olivier. Pour l'armée du Nord,
et de là pour Paris.

Louise. Est-ce que tu rêves?

Olivier. Maintenant encore, mais
j'espère que mon rêve se réalisera.

Louise. Puis-je connaître ton
rêve?

Olivier. Je devrais répondre par
un non à cette question; mais j'espère que c'était une plaisanterie.

Louise. Eh bien! plaisanterie à
part!

Olivier. Ce que Vermont a fait
pour le père de son Eugénie, je veux
essayer de le faire pour le frère de
ma Louise.

Elle se précipita dans ses bras,
et resta long-temps suspendue à son
cou sans pouvoir parler; mais elle

parut tout-à-coup se réveiller de son extase. « Ah! mon cher ami, lui dit-elle, le père d'Eugénie n'avait point émigré ; mais mon frère était obligé de fuir au-delà des frontières.—C'est cela, reprit Olivier ; il était contraint de fuir ; je pense que cette fuite forcée sera son excuse. J'ai appris, il y a quelques jours, d'un officier de son régiment que je rencontrai dans la ville, que le sergent qui s'était révolté contre lui dans l'espoir d'avoir sa place, avait été fusillé, il n'y a pas long-temps, comme factieux. Tout le régiment plaint ton frère, et j'espère que ses camarades me donneront des certificats qui me mettront à même d'atteindre mon but à Paris. » Louise lui répondit par un sourire par lequel elle cherchait à étouffer un soupir pénible. Les innombrables cruautés du gouverne-

5.   15

ment de la terreur avaient fermé son cœur à tout rayon d'espérance. Cependant le projet d'Olivier était trop beau pour le combattre. Elle s'occupa elle-même des préparatifs du voyage, et vit Olivier s'éloigner de ses bras en répandant des larmes de bénédiction.

Son voyage fut heureux, et le succès couronna ses vœux. Il vola à Paris, muni des certificats les plus favorables du colonel et des anciens camarades de son beau-frère. La lettre de recommandation qu'il avait reçue à Genoble pour un des plus estimables députés de son département, lui procura un appui qui lui servit beaucoup dans ses démarches, et accéléra l'issue de sa négociation. Théodore fut rayé de la liste des émigrés, considéré comme prisonnier de guerre, et son échange fut facilité par la paix qui venait d'être conclue avec la Prusse. Olivier fit part de cette heureuse nouvelle à Louise ; mais il lui cacha son projet d'aller l'annoncer lui-même à son frère ; il lui manda, au contraire, que son départ de Paris pourrait bien être retardé de quinze jours. Il laissa à son hôte une lettre qu'il devait mettre à la poste après ce temps révolu, et par laquelle il mandait à Louise l'entière conclusion de ses affaires.

Pendant ce temps il se mit en route pour Genève avec un passeport du comité du salut public. Les amis qu'il avait dans cette ville, et qui, depuis long-temps, étaient aussi ceux de Théodore, envoyèrent à celui-ci un exprès, avec une lettre par laquelle ils le priaient de venir auprès d'eux, sans cependant lui en expliquer le motif. Théodore arriva, et laissa couler dans les bras de son nouveau frère les premières larmes de joie qu'il eût répandues depuis son exil. Vermont l'avait instruit de son mariage avec Louise. Il n'avait omis aucun détail, pas même la manière noble avec laquelle il lui avait fait passer des secours par son entremise. Théodore voulait lui adresser des remercîmens ; Olivier l'interrompit en lui remettant l'arrêté qui le rappelait dans sa patrie. Théodore serra étroitement Olivier contre son cœur, et ne put proférer que ces paroles : « Mon frère ! ah, mon frère ! » Quelques minutes après son front s'obscurcit ; un profond soupir accompagna le regard douloureux qu'il jeta sur Olivier. « Eh bien, qu'y a-t-il? lui dit celui-ci. — Ton bienfait est inappréciable, répliqua-t-il ; mais

je ne puis, je ne dois pas l'accepter. — Et pourquoi pas? — Privé
de l'héritage de mon père, exclu du
service de ma patrie, je tomberais à
ta charge, à toi, le plus noble de
tous les hommes, auquel ma sœur
déjà.....

Olivier. Tu me nommes ton frère,
et tu te permets de faire une pareille
objection! O mon Théodore! ce ne
sera que par l'intercession de Louise
que je pourrai te pardonner cette
offense. As-tu oublié que la ferme
qui nous nourrit est un présent de
ton père? as-tu oublié que Louise est
ta sœur? Nous sommes frères, et les
frères n'ont qu'une seule fortune. Tu
m'aideras à cultiver mes champs, à
rentrer mes moissons, et tu parta-
geras la bénédiction qui est entrée
avec Louise dans ma chaumière. Si
tu ne le veux pas, tu profères un

mensonge en m'appelant ton frère.

Théodore. Je le puis, oui, par le Dieu tout-puissant, je le puis! voici la main de ton frère.

Olivier. Ce n'est que depuis ce moment que je te possède aussi complétement que je suis à toi. Ah, Louise! quelle source nouvelle de félicité vient de s'ouvrir à nous !

Le soir du troisième jour les deux frères arrivèrent à St.-Julien. Louise venait justement de recevoir et lisait la lettre qui lui annonçait le prochain retour de son bien-aimé. Olivier se glissa avec Théodore par le verger dans la maison, et le laissa à la porte de la chambre de Louise. Babet avait seule aperçu les voyageurs, et se préparait à aller annoncer cette heureuse nouvelle à sa maîtresse, quand Olivier arriva assez à temps pour l'en empêcher. «Préviens-

la seulement, lui dit-il, que tu viens
de me voir arriver. — Il vient! il
vient! s'écria-t-elle en se précipitant
dans la chambre. Louise se leva vivement de sa chaise; mais avant
qu'elle ûet pu gagner la porte, Olivier était déjà dans ses bras. C'est
ainsi que se confondent en une seule
deux âmes lorsque l'amour et la vertu
les réunissent sur les bords de l'em-
pirée. Dans cette heureuse ivresse
ils ne purent rien se dire, rien penser, rien sentir que l'identité de leur
être. « Ah! ce bon Théodore, s'écria
Louise après cette pause délicieuse,
peut-il déjà en être instruit? »

Olivier. Il le sait, et doit être en
route maintenant.

Louise. Ah, Dieu! et quand crois-
tu, mon cher ami, qu'il pourra être
ici?

Olivier. Après demain, demain, peut-être encore aujourd'hui.

Louise. Aujourd'hui encore? alors il est déjà arrivé....

« Tu l'as deviné, s'écria alors Théodore en ouvrant doucement la porte; osera-t-il entrer? » L'effort qu'il avait fait sur lui-même pour ne pas se montrer tout-à-coup à sa sœur fut un bienfait pour Louise; il modéra la violence de l'impression qu'une surprise aussi prompte avait produit sur ses sens déjà si fortement émus. Elle se laissa aller dans les bras de son frère, et s'abandonna, dans un doux anéantissement, à ses vives caresses. Depuis la soirée solennelle où, réunie dans la charmille, Vermont et Olivier, leurs bras entrelacés dans les siens, lui avaient donné les doux noms d'épouse et d'amie, son âme n'avait pas éprouvé ce qu'elle sentait en ce moment. Théodore lui-même put à peine suffire à toutes ses sensations ; lui qui, depuis si long-temps, avait été privé de ses em-brassemens fraternels, la voyait maintenant réunir à l'aimable inno-cence de la vierge, la maturité bril-lante de la jeune femme, dont les charmes, relevés par le costume vil-lageois qui, par son élégante simpli-cité, répandait sur toute sa personne plus de grâce et même plus de digni-té que n'auraient pu faire tous les prestiges de la toilette. Cette pre-mière commotion de bonheur avait cessé, elle était encore assise sur un lit de repos entre son frère et son époux, pressant leurs bras contre son sein ; les yeux de Théodore étaient fixés sur la céleste figure de sa sœur, ses lèvres collées sur sa main de rose, qui tantôt caressait sa joue, et tantôt pressait une des siennes sur son cœur.

Théodore semblait vouloir que chaque instant le dédommageât des trois années de sa douloureuse absence, et chaque instant lui faisait goûter ce dédommagement.

Le lendemain il était encore couché, et son imagination lui représentait chacune des scènes de bonheur de la veille, lorsque Louise lui en préparait une nouvelle. Il l'entendit dans la cour rendre avec bonté le salut du matin à tous ses domestiques, et leur distribuer le travail de la journée. Il venait de s'habiller pour aller trouver cet ange de bonheur, lorsqu'il le vit entrer pour le conduire dans sa chambre, où l'attendaient les embrassemens d'Olivier ainsi que le déjeuner. Elle se mit alors à son piano, et toucha, suivant son habitude, son hymne du matin, en accompagnant de sa voix enchan-

teresse les sons argentins de l'instru-
ment. Puis on se plaça autour d'une
petite table, servie de lait, de beurre
frais et de patisseries préparées par
les mains de la jeune ménagère qui,
par les grâces naïves avec lesquelles
elle exerçait les fonctions de mère de
famille, changeait en ambroisie tous
les mets qu'elle servait à ses convi-
ves. Son frère remarqua avec transport combien elle savait unir l'esprit
de son état présent avec celui de son
état passé, sans jamais les confondre;
se livrer aux occupations de la fermière, sans négliger les talens de la
fille du gentilhomme, et sans effacer
un seul trait de l'urbanité de sa première éducation. Il se trouvait si bien
dans cette chaumière de paix; son
âme nageait si délicieusement dans
cette douce atmosphère, qu'il y oublia entièrement le château de ses

ancêtres et son ancienne grandeur,
et s'empressa de sommer son beau-
frère de lui assigner ses futures fonctions dans son économie domestique.
« Jusqu'à ce que tu ayes appris d'O-
livier à manier la faux ou à diriger
la charrue, lui répondit Louise, tu
seras mon pourvoyeur : je me rappelle combien tu aimais autrefois la
chasse et la pêche. Olivier n'a pas le
temps de s'en occuper; tu me ferais
donc beaucoup de plaisir si de temps
en temps tu fournissais à ma cuisine
un lièvre ou un brochet. Tu sais
qu'il est permis à chacun de pêcher
et de chasser sur sa propriété et dans
les forêts communales, et Olivier te
fera connaître les cantons ou tu.....
— Bien, bien, lui dit Théodore en
l'interrompant; que l'on me four-
nisse les instrumens nécessaires, et
vous me verrez dès demain entrer en

fonctions. » Il tint parole, et il mettait souvent Louise à même de le louer de son adresse.

Leurs jours s'écoulaient ainsi comme le ruisseau limpide qui glisse entre des fleurs et des herbes odoriférantes. Olivier et Louise étaient tout l'un pour l'autre; rien ne pouvait rendre l'un plus riche, et l'autre avait oublié qu'elle l'avait été davantage. Théodore lui-même, qui cependant n'avait pas de Louise, pouvait, son fusil sur l'épaule, passer sans regret et sans douleur devant le parc de son père qui lui était fermé. Un jour qu'il vit sur la porte du château une affiche qui en annonçait la vente dans le courant du mois, ainsi que de toutes les terres dépendantes, son cœur se serra. Il rentra à la ferme triste et pensif, chercha son beau-frère, et se concerta avec lui sur les

moyens d'arracher à des mains étrangères au moins une partie de l'héritage de ses pères. « Les paiemens,
lui dit-il, se font à des termes éloi-
gnés. Nous sommes jeunes, nous
avons de bons bras; tu trouveras
partout du crédit, et, à coup sûr,
notre riche ami Vermont ne nous
refusera pas son assistance. Achetons
le château et les meilleures terres qui
en dépendent. » Olivier, qui connaissait parfaitement la terre, approuva ce projet, et l'on écrivit de suite
à Vermont. Louise devait tout ignorer jusqu'au moment où le succès
aurait couronné leur entreprise.

La réponse de Vermont fut conforme à l'attente des deux frères.
Une pluie abondante les avait forcés
de rentrer précipitamment de leur
promenade, et ils étaient à se concerter ensemble dans la chambre

d'Olivier pour mettre la dernière main à leur plan, lorsque Louise vint les trouver hors d'haleine, et les yeux étincelans de bonheur. Elle tenait un journal à la main : « Tenez, lisez, » dit-elle, en tombant presque inanimée sur le sein d'Olivier. Théodore ramassa la feuille, et y lut le décret qui abrogeait la confiscation des biens des condamnés et les rendait à leurs héritiers. Les deux frères s'embrassèrent en mêlant ensemble leurs larmes de joie. Louise joignit ses mains ; le soleil, qui perçait en ce moment à travers le nuage sombre qui le dérobait, releva l'éclat de son teint de rose. « Ceci vient de toi, » s'écria-t-elle, et elle se tut ; mais son cœur acheva ce qu'elle avait à dire. Pendant tout le reste de la soirée sa joie était calme et solennelle ; la bonne Babet fut la seule à

qui elle annonça son bonheur. » J'a-
vais commencé du vivant de mon
père, ajouta-t-elle, à mettre de côté
de quoi te former une petite dot ;
maintenant je puis la doubler. » Babet n'entendit plus cette déclaration;
elle ne pensa qu'à sa maîtresse, et sa
bruyante joie ne connut point de
bornes. « Ne va pas devenir folle,
lui dit Théodore, car tu me prive-
rais du plaisir de contribuer aussi de
mon côté à ton établissement. »

Le lendemain Louise fit distribuer
du blé et du vin aux pauvres du village; et lorsque le décret fut publié
à la maison commune, une foule de
paysans et de paysannes se rassem-
blèrent pour conduire à leur demeure
paternelle les enfans de leur seigneur
adoré. Louise, dans cette circonstance, resta toujours elle-même :
elle marchait entre son époux et son

frère avec modestie, et sans étaler
aucun faste, parée seulement de ses
charmes et de cette innocence qui
conserve toute l'ingénuité virginale
sur le front d'une femme qui porte
dans son cœur ce précieux trésor.
A la porte du château, elle tendit
une main reconnaissante à chacun
de ces êtres aimans qui l'avaient ac-
compagnée. « Ah! dit alors un des
vieillards en serrant amicalement la
main de Louise, c'est un beau jour
que celui-ci! il ne nous manque plus
que notre père Gilbert : ne pourrait-il
pas revenir aussi? — Certainement,
s'écria Théodore; ce n'est pas la
loi, c'est la tyrannie qui l'avait
forcé de fuir : qui sait ce qui
arrivera?—Oh! s'il revenait bientôt!
s'écrièrent-ils tous en même temps,
en quittant par petites bandes déta-
chées le fortuné trio. Les trois amis

5.   16

parcourent ensemble, les bras entrelacés, les appartemens du château.
Louise s'arrêta, avec un pieux recueillement, dans le cabinet de son
père, et montra du doigt à Olivier
la place où elle était assise lorsqu'il
vint lui offrir sa main libératrice.
« C'était là », dit-elle en saisissant
cette main qu'elle pressa fortement
contre son cœur, pendant qu'Olivier
effaçait par un baiser la larme angé-
lique qui tombait sur sa joue.... Re-
gardant alors son frère, elle lui dit :
« Je retourne dans la chaumière où
j'ai goûté le souverain bonheur de
la vie. La demeure de nos pères est
à toi, mon frère; j'y ferai un pèle-
rinage; mais il faut que tu l'habites.
— La loi, lui dit Théodore en l'interrompant et en la serrant dans ses
bras, la loi, la plus juste de toutes
celles qui signalent notre révolu-

tion, t'assigne la moitié de l'héritage paternel, et ma Louise ne voudra pas me forcer de profaner les devoirs de la nature. Permets-moi de te dédommager par des terres, et j'occuperai le manoir paternel; mais ce ne sera toujours que lorsque je pourrai te présenter une sœur qui soit digne de toi et de notre Olivier. Elle sera difficile à trouver, je le sais; il faut que, fille de l'adversité, elle soit sanctifiée par le malheur pour être digne d'entrer dans notre alliance. — Elle se trouvera, reprit Louise; le nombre de ces filles de l'adversité est grand : quelle félicité ce serait pour moi de pouvoir te présenter la future compagne de ta vie! »

Elle goûta bientôt cette félicité. Ce fut la sœur du noble Vermont qui remplit cette belle destination. Une nouvelle maladie de son beau-

père l'avait forcé de remettre d'un
mois à l'autre la visite qu'il s'était
proposé de faire à Saint-Julien avec
son Eugénie. Il put enfin exécuter
son plan, et Olivier et Louise étaient
au milieu des travaux de la fenaison,
lorsqu'ils furent agréablement surpris par cette visite. Eugénie ne parut pas étrangère un seul instant
dans ce cercle d'êtres intéressans ;
Louise, Olivier, Théodore étaient
pour elle d'anciennes connaissances
qu'elle ne faisait que retrouver après
une longue séparation. Dès les premiers embrassemens, ni le cœur ni
la bouche n'eurent plus rien à se
dire. Ils étaient accompagnés d'une
femme d'une beauté céleste et d'une
taille élancée et majestueuse ; une
douce mélancolie était répandue sur
son visage expressif. Ce n'était ni
Pallas ni Vénus - Uranie ; mais Ra-

phaël ou Mengs, pour peindre l'une ou l'autre des filles de l'Olympe, eussent emprunté les traits d'Adélaïde. Elle considéra les marques d'amitié que se faisait ce groupe fortuné avec ce sourire de l'âme que l'on n'observe point sur les lèvres, et qu'on lit dans les yeux. Son frère l'avait oubliée un instant, mais tout-à-coup il la conduisit vers Louise, et lui dit : « Ma sœur, mon unique sœur, et l'amie jusqu'ici inconnue de Louise. — J'en ai donc deux au lieu d'une, reprit-elle; et son premier baiser dissipa une partie du léger nuage qui voilait les yeux bleus d'Adélaïde.

Théodore hébergea les nouveaux hôtes dans son château, que Louise avait déjà pourvu des meubles nécessaires. Il ne se passait cependant pas une heure de la journée sans que

les deux belles-sœurs ne vinssent visiter la demeure de l'aimable fermière, ou qu'elle n'allât les voir elle-
même lorsqu'elle avait terminé ses
occupations de la journée, dont ses
nouvelles amies ne pouvaient pas la
distraire.

Depuis onze mois Adélaïde était
veuve; elle avait donné sa main,
plutôt par obéissance que par inclination, à un homme qui cachait
sous les brillans dehors du courtisan
tous les vices qui peuvent rendre
malheureuse une femme vertueuse
et sensible.

Pendant une union de quatre années, elle avait bu jusqu'à la lie le
calice de la douleur. Son père ne
pouvait rien sur cet homme abomi-
nable, et il eut des regrets trop tar-
difs de la violonce qu'il avait faite à
l'obéissance de son enfant qui, à l'é-

poque de son sacrifice, comptait à peine dix-sept ans. Il l'avait sollicitée à plusieurs reprises de profiter de la nouvelle loi pour se séparer de son bourreau. « J'ai promis, lui répondait-elle, au pied des saints autels de ne pas le quitter; aucune loi humaine ne peut me dégager de mon serment. » Son mari n'eût pas été si scrupuleux; mais l'espoir de jouir de l'héritage de son beau-père, qu'il comptait dépenser avec ses Phrynés, l'avait empêché de faire cette démarche.

La mort de ce libertin rendit enfin la jeune victime à la liberté; mais ses souffrances avaient rempli son cœur d'une mélancolie que ne purent dissiper ni les caresses de son père, ni la tendresse de son frère qui était son unique confident. Celui-ci en augura d'autant plus favorablement du voyage à Saint-Julien, pour le-

quel il n'eut pas de peine à la déter-
miner.

Théodore n'avait jamais vu Adélaïde; la première et la dernière fois
qu'il avait été visiter son ami, elle
était déjà mariée et réleguée dans
une des terres de son tyran, située
aux pieds des Pyrénées. Sa vue devait faire une impression d'autant
plus vive sur son âme. Louise s'en
aperçut dès les premiers jours, et pour
se convaincre de la justesse de son
observation, elle lui dit un jour d'un
ton indifférent. « Eh bien, mon frère,
comment trouves-tu Adélaïde? —
Ah, Louise! lui répondit-il avec un
regard enflammé, celle-ci, ou aucune! Elle n'eût pas besoin d'en savoir
davantage et, pour cacher sa joie,
elle s'éloigna promptement de lui,
comme pour chercher une chose
qu'elle avait oubliée. Dès ce moment

elle s'attacha à observer aussi Adélaïde, dont le cœur se réchauffait peu
à peu au feu sacré de l'Amitié; elle
commençait à se trouver bien de vivre parmi des êtres heureux. « Dès
qu'elle pourra croire au bonheur
d'ici-bas, dit Louise à Olivier, elle
sera gagnée. Cette croyance ouvrira
son cœur à l'amour; elle ne pourra
résister long-temps à la vue de deux
couples que ce sentiment rend si complétement heureux. « Louise ne se
trompa point. Adélaïde écoutait tous
les jours avec plus de plaisir les discours pleins de sentiment de Théodore. Ses yeux étaient fixés sur ses
lèvres, et lorsque leurs regards se
rencontraient, la touchante pâleur
de ses joues se colorait d'une teinte
purpurine. Louise ne pouvait plus y
tenir. Un jour la belle veuve vint la
visiter au moment où elle était occu-

pée à cueillir des cerises. « Voulez-vous m'aider, Adélaïde? J'ai destiné les prémices de ce jeune arbre à vous et à Eugénie. » Adélaïde l'aida à remplir sa corbeille. Allons attendre maintenant notre amie dans la charmille, car elle a donné rendez-vous ici à son mari qui, avec Théodore, est allé voir mon Olivier dans ses prairies. » Adélaïde se plaça en face de l'autel antique qui ornait la charmille. Elle contemplait en silence ce monument qui parlait si éloquemment à la sensibilité de son cœur; son âme répétait visiblement chaque scène de l'épopée sentimentale dont il consacrait le dénoûment. « Adélaïde, lui dit Louise, c'est à cette place auguste que l'Amour et l'Amitié ont remporté une victoire également belle; et puisse votre cœur se convaincre qu'il existe aussi un amour heureux !........ »

Adélaïde. Croyez-vous que je puis-se en douter ? Je vis avec vous de-puis huit jours, dois-je avoir besoin d'une autre preuve ?

Louise. Eh bien donc, mon amie, veuillez répondre à une question ; si vous n'étiez pas Adélaïde je ne vous la ferais pas.

Adélaïde. Cette question prouve que vous me....

Louise. Que je vous connais, que je vous regarde comme une excep-tion de notre sexe, que j'offenserais si je tâchais de l'amener par un dé-tour au point que je veux traiter avec vous. Pourriez - vous aimer mon frère ?

Adélaïde (sur le sein de Louise). Oui.

Louise. Ame céleste ! j'attendais cette réponse. Oh ! que mon Théo-

dore n'a-t-il entendu ce *oui!* je serais indigne de lire dans votre cœur
si ma conversation avec vous était
un rôle qu'on m'eût fait jouer. Il
n'en sait rien, pas plus que mon
Olivier; mais il n'a pu vous échapper que mon frère vous adore en silence Permettez-moi de me servir
de cette expression si souvent profa-
née; c'est la seule qui puisse peindre
votre mérite, et les sentimens de votre amant.

Adélaïde. Louise ma sœur! il y
a pour mon cœur autant de félicité
dans cette pensée que dans celle que
Théodore sera mon époux.

Louise (l'embrassant avec les plus
tendres transports). Oui, moi ta sœur
et Théodore ton époux. J'espère
que tu me permettras d'achever mon
ouvrage; si je ne l'osais pas, si je ne
pouvais l'achever aujourd'hui enco-

re, l'excès de ma joie briserait mon cœur.

Adélaïde. Tu m'effrayes, Louise; que penses-tu? non, je suis trop émue, il faut auparavant que je reprenne mes esprits.

Louise. On voit bien que tu n'as amais aimé, sans cela tu saurais mieux apprécier les instans : tu aimes Théodore, et tu pourrais reculer son bonheur et le tien d'un seul jour! Les voilà qui arrivent, laisse-moi faire, et dans un quart-d'heure tu me remercîras de ma désobéissance.

En ce moment ils entrèrent dans la charmille. Louise planait comme un être immortel à côté de l'autel : sa figure était rayonnante, ses regards ardens; chacune de ses vaines éprouvait les pulsations du bonheur. Olivier le remarqua : « Louise, qu'as-tu? lui demanda-t-il en souriant;

je ne t'ai jamais vue si radieuse. »

Louise (tendrement). Jamais ? que tu as peu de mémoire !

Olivier. Tu as raison, ma chère amie ; tu étais ainsi lorsqu'à cette même place tu me...

Louise. Remis une certaine clef. Hé bien, oui, je ne suis ainsi que lorsque j'ai une pareille clef à remettre.

Théodore (en riant). Comment trouves-tu cela, mon frère ?

Louise. J'espère qu'il le trouvera très-bien, et toi encore bien davantage ; ma clef d'aujourd'hui n'est qu'un dépôt confié, mais, certainement, une clef du paradis. Cependant je ne suis pas un sphinx, et pour un baiser je vous dirai à tous le mot de l'énigme. « Tous les trois s'avancèrent vivement vers elle pour l'embrasser. Théodore était le der-

nier. En passant devant Adélaïde
ses yeux avaient rencontré les siens,
dans lesquels il crut déchiffrer les
premières lettres de l'énigme.

Louise (le prenant par la main).
Voici la main dans laquelle je dois
placer cette clef, et voici celle qui
me l'a confiée. Au même moment
elle saisit également la main d'Adélaïde et la mit dans celle de son
frère qui restait immobile de bonheur, pendant que l'amour effaçait
le dernier trait de mélancolie du
front de son amante.

Vous seuls pouvez achever de
peindre cette scène, vous qui êtes
initiés dans les mystères de la sym-
pathie des âmes privilégiées. Là où
se trouve une lacune dans le voca-
bulaire de la parole, ce serait un blas-
phême d'entreprendre de la remplir.
Ces tendres amans se tenaient enco-

re embrassés dans l'ivresse du bonheur, lorsqu'Eugénie vint les join-
dre.

Eugénie. Eh! eh! que s'est-il
passé?

Louise (qui était accourue, et
avait passé son bras autour de sa
taille de nymphe). Rien de nouveau :
mon frère, que voici, aime ta sœur,
et le pauvre garçon n'avait pas le
courage de le lui dire. Ta sœur.....
mais elle me fait un signe, et je me
tais. Bref, j'ai deviné leur secret, et
leur ai abrégé le chemin qui les aurait
rapprochés demain ou après-demain :
n'ai-je pas bien fait ? — Au mieux !
s'écria Eugénie en se jetant dans les
bras du nouveau couple.

Le vieux Vermont fut instruit
sans délai de cet heureux événement, qui lui fut d'autant plus
agréable, qu'il le réconciliait avec

sa conscience. Il ne cacha pas à sa fille les reproches qu'il se faisait sans cesse au sujet de son premier mariage. « Mon cœur présage, disait-il dans sa réponse, que l'homme que tu as choisi te dédommagera des souffrances que l'indigne époux que je t'avais donné t'a fait éprouver. Chaque soupir que tu étouffais était pour moi un coup de poignard, et plus tu t'efforçais à me cacher tes chagrins, plus je les sentais cruellement. Je devrai plus de reconnaissance que toi à ton amant, si tu trouves avec lui la félicité dont tu as été privée par l'union que je t'avais fait contracter, et en lui donnant le titre de mon fils, j'oserai reprendre celui de ton père. »

Pendant que Théodore et son amante attendaient au sein de l'amour et de l'amitié cette réponse et le jour de fête qui devait les unir, leur société fut augmentée de la seule personne qui y manquait encore ; c'était le vénérable Gilbert qui, cédant aux pressantes sollicitations de ses jeunes amis, retournait auprès d'eux et de son troupeau chéri. Les rides de sa figure patriarcale étaient un peu plus profondes, et ses cheveux plus blancs que le jour où il prit le bâton de l'exil ; mais son regard était aussi vif et aussi spirituel, son cœur aussi chaud que dans ces temps heureux où il préparait ses deux favoris à devenir ce qu'ils étaient alors, et qu'il répandait dans le silence la bénédiction sur ses ouailles. Son retour fit répandre autant de larmes de joie qu'on en avait répandu de douloureuses à son départ.

En lui écrivant, Théodore lui avait imposé la condition d'occuper

la place de son père sous le toit paternel. Louise et Olivier voulurent
lui disputer cet honneur. Gilbert
termina cette lutte touchante en
promettant de venir demeurer alternativement chez le frère et chez la
sœur. « J'ai aussi une prière à vous
faire, lui dit Adélaïde en le prenant
amicalement par la main : que le
premier acte de votre saint minis-
tère soit l'union de votre élève avec
votre nouvelle fille adoptive. — Il
n'y a plus de priviléges aujourd'hui,
s'écria Louise ; Eugénie et moi nous
voulons partager avec vous le bienfait sacré dont le régime de la terreur nous avait privées. — A mer-
veille, Louise, s'écrièrent Olivier
et Vermont, tu as lu dans nos cœurs.
— Vous y aurez trouvé également
que l'autel élevé à l'amitié, qui est
dans mon berceau, sera l'autel de

notre hymen; le père Gilbert sait
bien pourquoi! » Gilbert approuva
Louise : « Je n'aurai pas besoin de le
consacrer, il l'est déjà par la vertu
et par l'amour. » Que cette scène
était sainte et auguste! Et au moment où les trois couples réunissaient
leurs mains, la Religion, cette fille
du ciel, qui avait si souvent pleuré
sur des ruines, jeta d'en haut un regard de bénédiction sur cette nouvelle arche d'alliance; et une paire
de tourterelles, symbole de la céleste concorde, volait triomphalement
sur cet asile de la paix et du bonheur.

EWALD ET LINA.

EWALD était le fils unique d'un négociant qui, par son activité et la confiance que lui avait attirée sa loyauté, était parvenu à acquérir une fortune assez considérable. Le jeune Ewald n'avait jamais montré de goût pour le commerce, et son père, remarquant en lui un esprit sain et un penchant décidé pour les sciences, résolut de lui faire suivre un cours complet.

Ewald se distingua, parmi ses condisciples, par un désir ardent de s'instruire, et à dix-huit ans on le jugea en état d'aller à une université.

Son père l'envoya à Leipzig, où il se
livra à l'étude du droit.

Il avait déjà parcouru la moitié de
sa carrière académique, lorsqu'un
jour il vit entrer chez lui un des amis
de son père. La tristesse et l'abatte-
ment se peignaient sur sa figure ; il
apportait à Ewald une lettre où son
père lui écrivait de Hambourg : «Le
bonheur, mon cher fils, qui jusqu'ici
m'avait constamment souri, vient de
m'abandonner entièrement. La ban-
queroute d'un de mes correspondans
de Hambourg , avec lequel je faisais
la plus grande partie de mes affaires,
m'enlève presque toute ma fortune.
Je suis venu ici pour sauver quelques
débris du naufrage ; mes efforts n'ont
pas été tout-à-fait inutiles, et j'ai du
moins la consolation de pouvoir te
mettre à même de continuer tes étu-
des ; tu trouveras ci-jointe une lettre

de change de mille écus. Avant que cet argent soit épuisé, j'espère être de retour d'un voyage de long cours, où je pourrai, à ce que m'assurent mes amis, rétablir mes affaires. Je ne me permets aucune plainte sur mon malheur; je bénis au contraire la Providence de m'avoir frappé dans un âge où il me reste assez de forces pour relever l'édifice qui vient de s'écrouler. Je la bénis encore de ne m'avoir pas frappé quelques années plus tôt; je n'aurais jamais eu le courage de me séparer de feue ta mère, et encore moins celui d'être journellement témoin de ses chagrins. Sois homme, mon cher fils, et espère en la Providence; elle te prendra sous son égide pendant mon absence, et couronnera de sa bénédiction les efforts que tu feras pour devenir un membre utile de la société. Les bons témoignages que tes professeurs me rendent de ton application et de tes mœurs , me sont un sûr garant pour ton avenir, et adoucissent la douleur que j'éprouve à m'éloigner de toi pour quelques années. Je vais résider à l'île de Curaçao. Aussitôt que j'y serai arrivé , je te donnerai de mes nouvelles. Adieu, mon cher fils, reçois la bénédiction d'un père qui te chérit. »

Cette lettre fut un coup de foudre pour le jeune Ewald. Il la couvrit de baisers et de larmes. L'ami de son père lui dit tout ce que pouvait lui inspirer le sincère intérêt qu'il prenait à sa situation , et il ne le quitta que lorsque le tumulte de ses sensations fut calmé. « O le meilleur des pères ! s'écria le jeune Ewald lorsqu'il fut seul ; oui je suivrai tes exhortations, je me conduirai en homme, et si tu ne devais pas voir couronner de succès ton héroïque résolution, ma tête et mes mains te procureront une vieillesse exempte de soucis. »

Le travail est l'entidote le plus puissant contre le chagrin. Ewald redoubla d'ardeur pour l'étude, et elle adoucit le souvenir amer de sa douleur. Son père, dont il attendait les premières nouvelles avec la plus tendre inquétude, lui écrivit quatre mois après son départ. Il lui annonçait son heureuse arrivée à Curaçao, et confirmait les espérances qui l'avaient décidé à entreprendre ce pénible voyage.

Au bout de deux années Ewald avait achevé sa carrière académique, etun de ses professeurs qui lui portait le plus vif intérêt, lui procura une place de secrétaire auprès du

5.   18

comte de S...., alors retiré dans ses
terres en Thuringe. Ce vénérable
vieillard , dont les cheveux s'étaient
blanchis dans les affaires , connaissait les hommes et savait apprécier
le mérite. Ewald acquit en peu de
temps toute sa confiance et son intimité , et il devint son compagnon
inséparable. Ses empressemens sans
affectation , ses prévenances pleines
de franchise , qui décèlent un bon
naturel et l'usage du monde, lui ga-
gnèrent également la bienveillance
de l'épouse du comte , dont le fils
unique , capitaine de cavalerie au
service de l'empereur, ne venait que
rarement animer la solitude de ses
parens. Les jours d'Ewald coulaient
au château de Lenizthal comme les
eaux limpides de la petite rivière qui
baignait ce riant séjour. Il avait déjà
reçu deux lettres de son père, qui

lui donnaient des nouvelles satisfai-
santes de sa santé, et lui annonçaient
la prospérité de son commerce ; le
comte lui avait fait concevoir l'espoir
d'un emploi plus avantageux et plus
convenable , lorsque l'arrivée d'une
nouvelle personne qui devait faire
partie des habitans du château, vint
troubler le cours paisible de sa vie.

La comtesse, depuis la mort d'une
sœur qui avait toujours demeuré avec
elle , désirait une compagne ; mais
les qualités qu'elle exigeait d'elle
avaient jusque-là retardé le succès de
ses recherches. Elle demandait une
jeune personne d'une vingtaine d'années, d'un esprit formé , d'un commerce sûr, et qui réunît les agrémens
de la figure et l'enjouement du caractère aux avantages que procure une
bonne éducation. La comtesse était
digne d'avoir une telle compagne ,

et elle fut assez heureuse pour la trouver. Une amie lui recommanda la fille d'un ancien conseiller aulique dont la mémoire était chère à tous les gens de bien, et qui n'avait laissé à son épouse qu'une fortune médiocre et deux enfans, Lina et un fils qui accompagnait un jeune gentilhomme saxon dans ses *voyages*, et qui trouvait ainsi le moyen d'ajouter par ses économies aux ressources de sa mère. Il y avait à peine un mois que Lina était à Lentzthal, qu'elle avait déjà toute l'amitié de la comtesse et tout l'amour d'Ewald. Il en devait être ainsi; les impressions de la beauté morale et physique ont la même action sur tous les êtres susceptibles de sentir, l'effet seul est différent. Ces impressions firent naître chez la comtesse une noble intimité, et chez Ewald une adoration

muette où se mêlait une tendresse
qui chaque jour faisait de nouveaux
progrès. Lina répondait à la bienveillance de son honorable protectrice par le respect et l'attachement
de la fille la plus tendre. Elle sentait
tout le mérite d'Ewald, dont les sentimens et les soins flattaient son
cœur. Ce cœur, n'ayant pas encore
aimé, ignorait que ce qu'il éprouvait
alors fût la première étincelle d'une
passion naissante qui, dans une âme
pure, ne s'annonce jamais avec impétuosité.

C'est ainsi qu'Ewald et Lina che-
minaient ensemble dans le sentier
qui conduit au sanctuaire de l'amour.
Chaque jour ils se rapprochaient davantage; leurs âmes étaient près de
se fondre l'une dans l'autre; il ne
fallait qu'un souffle, un instant, et
cet instant arriva. Un soir d'été que

Lina, assise dans une charmille du jardin, accompagnait le jeu de sa harpe en chantant l'air de Clarisse, Ewald, attiré par ses accords, s'était approché et se tenait caché derrière le feuillage dans le recueillement de l'admiration, lorsqu'au treizième couplet la cantatrice, imprimant à sa voix plus de solennité, fit retentir ces paroles :

« Un doux lien d'amour domestique
» T'offre au milieu des champs, loin du fracas du monde,
» Une vie paisible et un charme mystérieux. »

Ewald, l'ardent Ewald n'est plus maître de son ravissement; il pénètre dans la charmille; l'enthousiasme dont il est plein agite ses traits, anime ses gestes; il retient la jeune enchanteresse prête à s'éloigner : « Oh Lina ! s'écrie-t-il, laissez, laissez-moi mêler mes accens à vos ac-

cords sublimes ! C'est un chant de
solitude, reprend faiblement Lina.
— Non, aimable Lina, le lien d'a-
mour dont Clarisse exalte le charme
mystérieux, demande deux cœurs
unis. Vous possédez un cœur tel que
celui de cette fille céleste. Soyez
plus heureuse qu'elle ! Tous les amans
ne ressemblent pas à celui de Clarisse.
— Je le pense aussi, répondit Lina.
Sans cette idée je ne pourrais plus...
— Vous ne pourriez plus.... — Etre
heureuse. »

Et Lina, en parlant, avait saisi
involontairement la main d'Ewald ;
elle la laissa aller presqu'aussitôt ;
mais il n'était plus temps. Un léger
serrement avait, malgré elle, trahi
les sentimens de son cœur. L'heureux Ewald avait compris son langage ; il allait se jeter à ses pieds.
« Non, dit-il, l'amant de Clarisse en

ferait autant; » et , fixant sur Lina
des regards qui exprimaient le respect et la tendresse de son amour :
« Je jure, ajouta-t-il, par le Très-
Haut qu'invoquait Clarisse, je jure
que j'aime Lina et que je l'aimerai
éternellement. »

Il prononça ces mots de la voix
oppressée de l'inspiration, et Lina
reçut son serment en lui récitant à
demi-voix le passage de la septième
strophe :

« Que mon mérite soit d'être aimée de toi,
« D'être belle intérieurement »

De ce moment le pacte fut formé.
Ewald et Lina entrèrent dans un
monde nouveau, où ils ne cher-
chaient et ne trouvaient qu'eux ;
mais, loin de les détourner de leurs
devoirs, leur amour devint plutôt un
nouveau lien qui les attacha plus

étroitement aux personnes chez lesquelles le ciel les avait réunis. Chaque jour ils trouvaient l'occasion de s'entretenir quelques instans sans témoins de leur amour, qui était, comme chez toutes les âmes où la sagesse se joint à l'élévation, une amitié pure, ennoblie par son ardeur même. Souvent ils formaient ensemble des projets pour l'avenir; et déjà tous, l'un pour l'autre, ils attendaient sans impatience et sans inquiétude cet avenir qui devait couronner le seul vœu qui leur restait à former

C'est ainsi que s'écoulèrent pour eux l'été et l'automne; l'hiver ne fut pas aussi heureux : la mort du comte vint interrompre la délicieuse uniformité de leur vie. Les deux amans s'oublièrent eux-mêmes pour consoler la comtesse et pleurer avec elle. Le cœur de la noble veuve souffrait de ne pouvoir récompenser ces preuves d'attachement. Depuis long-temps elle avait deviné leur amour, et elle s'était concertée avec son époux pour les rapprocher du but où tendaient leurs vœux ; la mort du comte lui enlevait les moyens d'exécuter ses projets. L'avancement d'Ewald allait dépendre du capitaine, qui accourut à Lentzthal prendre possession de la fortune de son père, dont il était l'unique héritier. C'était un jeune homme d'un caractère brusque et emporté, possédant tous les vices de sa condition, sans les racheter par aucune de ces vertus qui avaient attiré à son père l'amour des soldats et l'estime des citoyens. A peine eut-il passé quelques jours au château, qu'ayant jeté les yeux sur Lina, il oublia pour elle et son père et son héritage. Il ne tarda pas à lui décla-

rer son amour dans des termes et
avec des regards qui faisaient assez
connaître quel en était le but. La
réponse de Lina fut celle de la vertu
offensée ; un libertin ordinaire en
eût été découragé ; elle ne fit qu'en-
flammer davantage un homme trop
débauché pour croire à la vertu
d'aucune femme. Dès-lors il ne cessa
de la poursuivre partout, et sa chambre même n'était plus pour elle un
refuge assuré. Lina cachait ces persécutions à son amant ; elle craignait
de provoquer une scène désagréable,
et ne cessait d'espérer qu'un avancement prochain la débarrasserait, ainsi
que lui, d'un état de dépendance dont
elle commençait seulement alors à
sentir tout le poids. Elle dérobait
également la conduite du capitaine
à la comtesse. Elle lui devait trop,
elle l'aimait trop tendrement, pour

lui montrer son fils comme un vil séducteur ; mais celui-ci mettait trop peu de réserve dans ses poursuites pour ne pas laisser entrevoir à sa mère une partie de ce honteux secret. La comtesse connaissait Lina; elle ne craignait rien pour elle : ses principes, plus encore que son amour pour Ewald, la rassuraient à son égard; elle en appréhendait davantage la fougue dissolue de son fils. Néanmoins, elle n'osait faire un éclat que Lina elle-même cherchait à prévenir, et son cœur la bénissait en secret des ménagemens qu'elle avait pour la mère et pour le fils.

Enfin il devint impossible à Lina de garder plus long-temps le silence. Elle se promenait, une belle matinée d'hiver, dans une des allées couvertes du jardin; le capitaine la surprit; elle voulut s'échapper, il la retint de

force, et poussa l'audace jusqu'à
chercher à lui ravir un baiser. Lina,
en se défendant, le repoussa si vivement, qu'il glissa et tomba dans la
neige. Débarrassée par cette chute,
Lina s'enfuit, et le capitaine lui cria
en jurant : « Je connais celui qui se
trouve dans mon chemin; le coquin
me le payera de ses oreilles. Cette
menace épouvanta la pauvre fille,
plus pour son amant que pour elle-
même. Aussitôt qu'elle fut un peu
remise de son trouble, elle se rendit
auprès de sa bienfaitrice pour lui
demander la permission d'aller passer une quinzaine de jours chez sa
mère. La comtesse la regarda d'un
air de bonté, et des larmes s'échappèrent de ses yeux; elle serra son
amie dans ses bras en poussant un
profond soupir. « Oui, mon enfant,
lui dit-elle, tu partiras, et ton Ewald

t'accompagnera. Lina rougit et baisa la main de sa protectrice avec une ardeur qui lui dit tout ce que sa bouche s'était jusque-là obstinée à lui taire. Dès qu'elle trouva un moment favorable, elle fit part de sa résolution à son amant, et ne put s'empêcher de l'instruire de ses motifs. « Il y a long-temps que je m'aperçois de ce qui se passe, reprit Ewald en serrant sa main sur son cœur; je me suis tu, parce que je connais ma Lina. Ce n'est que lors de la scène du jardin, que j'ai vue de ma fenêtre, qu'il m'a fallu contenir toute mon indignation pour ne pas punir le misérable de sa témérité. » Afin de pouvoir s'entretenir sans contrainte, ils convinrent de faire le voyage de G..., qui n'était que de dix lieues, dans un léger cabriolet dont Ewald serait lui-même le conducteur. Lina prévint sa mère de sa visite, et le troisième jour elle fut prête à partir. Le capitaine, qui avait entendu sa mère parler à table de ce projet, avait paru en apprendre la nouvelle avec la plus grande indifférence, et quelques minutes après, il avait seulement glissé dans la conversation que le soir même il partirait pour aller passer quelques jours chez un ami.

Le jour fixé, les deux amans prirent congé de leur protectrice; leurs adieux furent touchans; la comtesse pressa sa jeune amie sur son cœur en lui disant à voix basse : « Lorsqu'il en sera temps, chère enfant, j'enverrai te reprendre. »

Nos jeunes voyageurs étaient arrivés à un petit bois qui se trouvait à moitié chemin, lorsqu'ils virent tout-à-coup arriver à eux, au grand galop, deux cavaliers masqués. L'un arrêta les chevaux de la voiture, et l'autre, le pistolet au poing, ordonna impérieusement à Ewald de descendre. Celui-ci avait eu la précaution de placer un pistolet chargé dans chacune des sacoches du cabriolet; mais, surpris trop brusquement pour avoir le temps de s'en servir, il allongea un coup de fouet si vigoureux sur la main de l'assassin, que son arme lui échappa au moment où il allait faire feu. Pendant ce temps-là Lina, saisissant le pistolet placé à côté d'elle, le lâcha avec une héroïque résolution sur le cavalier qui retenait les chevaux. Le coup le fit tomber; son camarade, prenant alors un autre pistolet, voulut le venger, mais sa main était encore engourdie du coup qu'il y avait reçu, et la balle ne fit que friser le

chapeau d'Ewald. Celui - ci tourna
vivement à gauche et mit ses chevaux au grand galop. Nos jeunes
voyageurs restèrent quelques minutes sans pouvoir parler, et ce ne fut
que lorsqu'ils eurent entièrement
perdu de vue les assassins, qu'E-
wald arrêta ses chevaux, et embrassa, en répandant des larmes de
joie et de tendresse, sa pâlissante
amie qu'il nommait sa libératrice.
« C'est à moi qu'on en voulait, dit
Lina ; Dieu ! si seulement le blessé
n'en meurt pas ! Il me semble l'avoir
reconnu, quoiqu'il n'ait point parlé. »
Quant à l'autre, sa voix était inconnue. « Peut-être, dit Ewald, est-ce
l'ami chez qui ce misérable disait se
rendre. » Ces conjectures leur firent
naître de pénibles réflexions jusqu'à
G..., où ils arrivèrent à l'entrée de
la nuit.

Lina instruisit sa mère des motifs de son voyage, et pendant qu'Ewald conduisait ses chevaux à la plus proche auberge, l'aimable fille lui avoua son amour avec une noble franchise; et les regards de sa mère semblaient lui dire : « Je connais ma Lina, j'ose donc me fier à son choix. Au retour d'Ewald, elle le présenta à sa mère comme son amant; l'accueil qu'il en reçut ne tarda pas à faire naître entre eux une confiance d'intimité qui anima leurs discours pendant toute la soirée.

Le lendemain Ewald repartit pour Lentzthal, comme il l'avait promis à la comtesse. Il se mit en route de bonne heure, parce qu'il voulait, par un détour de près de deux lieues, éviter la fatale forêt. Il trouva à son arrivée la comtesse dans une grande consternation. Je viens de recevoir, lui dit-elle, une triste nouvelle; mon fils, qui se trouve chez son ami, le lieutenant de M...., s'est cassé le bras gauche à la chasse. Ewald pâlit. « Il n'y a sans doute pas de danger? demanda-t-il avec inquiétude. — L'on m'assure que non, reprit la comtesse, et l'on promet que dans quinze jours il pourra supporter le trajet du château de son ami à Lentz-thal. Ewald, en annonçant à son amie son heureuse arrivée, lui fit part de cette conversation, qui confirma de plus en plus leurs soupçons au sujet de l'événement de la forêt.

Les rapports sur la santé du capitaine devinrent chaque jour plus satisfaisans; et sa mère disposait tout pour son arrivée, lorsqu'elle reçut la lettre suivante, écrite de sa propre main :

« Ggrâcieuse maman,

» Je suis assez bien rétabli pour
entreprendre le voyage de Lentzthal; toutefois je ne m'y détermine-
rai pas avant d'être sûr ne n'y plus
trouver le secrétaire Ewald. Cet
homme a l'honneur de me déplaire,
et je vous prie, grâcieuse maman,
de lui donner son congé en mon
nom. Ce n'est pas moi seulement
que vous obligerez ainsi, vous lui
rendrez à lui-même un service émi-
nent ; car si j'étais obligé de le
congédier moi-même, je ne le ferais probablement pas avec autant
de ménagemens que si votre grâce
se charge de ce soin. Il serait superflu d'entrer dans de plus longs détails; il suffit que ma résolution soit
prise à cet égard, et rien au monde
ne pourrait m'en détourner. Il ne

dépend donc plus que de vous, grâcieuse maman, si et quand vous voudrez revoir votre fils. Je suis, etc. »

Cette lettre fut d'autant plus douloureuse pour la comtesse, qu'elle connaissait trop bien son fils pour n'être pas convaincue que toutes les représentations seraient inutiles. Elle se rendit ellé-même auprès d'Ewald, et, les larmes aux yeux, elle lui communiqua l'arrêt de son exil. Ewald le lut, et il n'excita en lui que le sentiment d'un froid mépris. « Je m'attendais à cette nouvelle, lui dit - il ; et quoiqu'il m'en coûte de quitter une protectrice que je vénère ; mon éloignement me devient moins pénible par l'idée qu'il contribuera à sa tranquillité. Je ne dois donc pas le différer. Veuillez, madame, écrire à M. votre fils que je pars après-de-

main. » La comtesse, vivement
émue, assura Ewald de toute son
estime, et lui remit une attestation
qui faisait également honneur à tous
les deux. Ewald informa Lina de
cet événement, et la prévint qu'il
irait se concerter avec elle et sa
mère sur la nouvelle carrière qu'il
allait parcourir. Lorsqu'il fut prendre congé de la comtesse, elle lui
remit un portefeuille anglais : « Il
contient, lui dit-elle, une lettre pour
le ministre N***, à Vienne; c'était
l'ami de mon mari, et il jouit d'un
grand crédit; comme je ne peux,
mon cher Ewald, m'acquitter moi-
même envers vous, je le prie de se
charger de ma dette. »

L'idée que son voyage le rapprochait de son amante, ne put cependant dissiper la tristesse qu'éprouvait le jeune homme en quittant

Lentzthal. Il ne se ranima qu'en ar-
rivant aux portes de G. . . ., et il se
retrouva heureux en embrassant son
amante. Le bonheur de Lina ne fut
cependant pas sans mélange, et une
teinte de tristesse régnait sur son
front autrefois si serein. « Ah, mon
cher ! lui dit-elle, c'est moi qui suis
cause de votre disgrâce.— Je la bénis, si c'en est une, puisque je la
dois à l'amour et à la vertu.—Bravo,
mon fils, interrompit la mère, mon
cœur me dit que l'amour et la vertu
vous conduiront un jour au bonheur.
— Mais quels sont vos projets? demanda Lina ; où comptez-vous aller?
— Voilà ma feuille de route », dit
Ewald en lui remettant son portefeuille, dans lequel elle trouva une
lettre de recommandation de la comtesse, et une lettre de change de cent
ducats. « Je reconnais là cette fem-

me sublime! s'écria le jeune homme :
sa délicatesse m'est infiniment plus
précieuse que le don même. L'art
de donner est un des priviléges des
belles âmes. »

L'on convint qu'Ewald ne s'arrê-
terait que trois jours à G...., et partirait alors sans autre délai pour
Vienne. Il y arriva le dixième jour.
La première nouvelle qu'il apprit à
son auberge, fut la mort du ministre
auquel il était recommandé; et qu'on
avait enterré le matin même du jour
de son arrivée. Cette nouvelle atterra
le jeune homme. Il resta pendant
deux jours renfermé dans sa chambre sans savoir ce qu'il devait entreprendre. Enfin il se souvint de quelques jeunes gentilhommes qu'il avait
connus à l'université de Leipzig ;
il se présenta chez eux ; deux étaient
à voyager ; le troisième voulut à

peine le reconnaître ; et le quatrième
était dans une situation à avoir besoin lui-même de recommandation.
Ewald ne désespéra pas encore.
« Puisque me voilà ici, pensa-t-il,
je veux tâcher de me faire connaître ; peut-être ne dois-je parvenir
que par moi-même. En attendant la
réussite de ses projets ; il instruisit
de sa mésaventure la comtesse et sa
chère Lina. Toutes deux ne purent
que le plaindre ; cependant les témoignages de tendresse de son amante versèrent un baume salutaire sur
son cœur. Un mois entier se passa à
faire des tentatives infructueuses, et
sa bourse était diminuée de plus de
moitié. Alors il résolut de retourner
en Thuringe pour tâcher de se placer à la grande chancellerie aulique de son souverain. Il prit sa route
par la Bohême et la Saxe ; et ce fut là

5.   20

que, dans la voiture publique, il fut
saisi d'une fièvre violente , causée
moins par le mauvais temps que par
le chagrin qui le consumait. Il fut
forcé de s'arrêter dans la maison de
poste d'une petite ville. Sa maladie
empira de jour en jour, et le médecin qu'on avait appelé désespérait
déjà de sa guérison , lorsqu'une crise
décisive et salutaire le mit enfin hors
de danger, après avoir été trois semaines entre la vie et la mort. Quoique l'aubergiste ne fût pas du nombre de ceux qui mettent une rançon
sur la santé de leurs hôtes, Ewald
ne s'en trouva pas moins dans l'im-
possibilité de solder entièrement son
mémoire ; et le chagrin qu'il en
éprouva, retarda encore sa parfaite
guérison.

Cependant les preuves multipliées
qu'il avait reçues de l'humanité de

l'aubergiste, le décidèrent à lui
avouer franchement son embarras.
« Soyez sans inquiétude, lui répondit ce brave homme ; je me suis
trouvé en pareille circonstance, et
je ferai pour vous ce que l'on fit autrefois pour moi. Vous m'avez dit
que vous étiez sans place ; je me fais
vieux, j'ai besoin de quelqu'un pour
m'aider dans le service des postes et
tenir mes livres ; si cela vous con-
vient, dans six mois vous serez
quitte envers moi. » Ewald serra la
main de ce brave homme, et le
traité fut conclu. Depuis long-temps
Ewald, craignant d'affliger Lina,
n'avait osé lui écrire, et il attendait
le moment où il pourrait lui donner
quelque espoir. Ce moment lui parut alors trop éloigné pour garder
plus long-temps le silence, et il l'instruisit de sa position avec tous les

ménagemens que lui dictaient son
amour et cette fausse honte que
les plus honnêtes gens éprouvent
lorsqu'un sort ennemi les a placés
au-dessous de leur sphère. Il allait
plier cette lettre, lorsqu'on vint le
chercher pour parler à des voyageurs qui voulaient qu'on changeât
sur-le-champ leurs chevaux. Comme
ils étaient tous en course, Ewald
s'approcha de la berline pour inviter
les voyageurs à descendre en attendant le retour des chevaux qui de-
vaient rentrer. En ouvrant la portière, les paroles expirèrent sur ses
lèvres ; sa Lina dormait dans les
bras d'un jeune homme qui faisait
signe de ne pas la réveiller. A cette
vue il resta stupéfait... « Est-il possible, Dieu tout-puissant! s'écria-
t-il enfin ; ah ! l'infidèle ! » Lina se
réveille en sursaut, l'aperçoit et re-

tombe moitié évanouie sur le sein de son compagnon de voyage. « Au nom du Ciel, dit celui-ci, que voulez-vous? qui êtes-vous? — Demandez cela à celle qui vous accompagne, reprit Ewald d'un ton fier. — Lina rouvrit les yeux : Ah! Ewald! Ewald! s'écria-t-elle; mon frère, c'est mon Ewald! — Son frère! dit Ewald, comme s'il se réveillait d'un rêve accablant. — Oui, son frère, » dit l'étranger en ouvrant la portière. A ces mots Ewald se précipite dans la voiture, saisit la main de son amante et la conjure de lui pardonner. « Je n'ai rien à pardonner, dit Lina avec un sourire céleste; un démon ennemi s'est joué de mon Ewald; » et un baiser scella ce grâcieux pardon. Lorsque les premières émotions furent calmées, Ewald conduisit les deux voyageurs dans son appartement ; et là , sa jeune amie lui expliqua la cause de son voyage. Albert , son frère , après avoir obtenu un emploi considérable à Dresde , par la protection du père de son ancien élève, était venu la chercher pour assister à son mariage avec la fille d'un riche négociant. Albert ajouta que puisqu'un heureux hasard venait de réunir Lina et Ewald, il fallait que celui-ci les accompagnât, et que sa présence mettrait le comble à leur joie. Lorsque Ewald leur eut fait part des arrangemens qui le retenaient à la maison de poste, Albert courut aussitôt le dégager vis-à-vis de l'honnête aubergiste, qui ne voulut rien recevoir au-delà de son mémoire.

Le lendemain matin Ewald prit congé de son bienfaiteur les larmes aux yeux. La société de Lina et de

son nouvel ami lui firent bientôt
oublier toutes les tribulations qu'il
avait éprouvées. Le sort d'Albert lui
paraissait un garant du bonheur qui
l'attendait. Cependant, malgré l'amitié tendre et sincère que lui témoignait la famille de sa Lina, il ne put
se dissimuler long-temps l'incertitude de son sort. Ses espérances éva-
nouies, le silence de son père, répandaient une sombre tristesse dans
son âme. Après avoir écrit inutilement à Hambourg et en Hollande,
il résolut d'aller à Amsterdam. Le
frère de Lina lui offrit, de la manière
la plus noble, les moyens d'entreprendre ce voyage. A peine arrivé
à Amsterdam, Ewald courut à la
Bourse y chercher un correspondant
qui lui avait transmis plusieurs lettres de son père. En passant dans
une rue populeuse, il s'entendit ap-

peler par son nom; il regarde à l'endroit d'où partait cette voix, et aperçoit à la porte d'un café un vieillard respectable ; il va à lui et il arrive presqu'aussitôt qu'un étranger qui marchait devant, et qui venait d'aborder aussi ce vieillard. « Vous m'avez appelé, dit Ewald à ce dernier? — Pardon, lui répond-il, c'est Monsieur. » Ewald fixe la personne qui porte son nom, et tous les deux se précipitent dans les bras l'un de l'autre en s'écriant : « Ah! mon père! ah! mon fils! » Leurs larmes suppléèrent aux paroles. Enfin, le père dit à son fils : « Nos malheurs sont finis ; la Providence m'a accordé quatre fois plus qu'elle ne m'avait ôté. Ta lettre est arrivée ici peu de temps après mon retour, mais je n'avais pas voulu y répondre pour te causer une agréable surprise. »

Ewald et son père restèrent quelques jours à Amsterdam, et pendant ce temps l'heureux Ewald instruisit sa Lina du succès inespéré de son voyage. «Mon père, lui disait-il, mon bon père bénit notre union et veut passer le reste de ses jours au sein de ses enfans. Son impatience d'embrasser la bien-aimée de mon cœur ne saurait se comparer qu'à la mienne. Dans quinze jours nous serons à Dresde.»

« Pour la première fois, le pinceau de l'amour n'était pas flatteur,» dit le père enchanté, lorsqu'il se trouva le soir de son arrivée assis entre Ewald et Lina, et serrant leurs mains réunies dans les siennes. «Mon fils, tu m'en as trop peu dit, certainement trop peu. Mes enfans, je ne partirai pas d'ici avant que votre union ne soit célébrée, et je ne vous

5. 21

donne d'autre délai que le temps nécessaire pour aller chercher la mère
de Lina. Cette courte séparation
sera la dernière que nous éprouve-
rons sur cette terre. Alors nous cher-
cherons une retraite où nous oublie-
rons nos malheurs passés. Aucune
ville ne devra nous renfermer dans
ses murs ; une maison de campagne
agréable et tranquille , située dans
le vaste jardin de la nature , devra
nous cacher à tous les yeux ; nous y
vivrons inconnus , excepté aux malheureux. Votre mère se partagera
entre son fils et sa fille , et Albert et
son épouse passeront tous les ans le
printemps ou l'arrière-saison avec
nous. — Savez-vous , interrompit
Albert , que votre maison est toute
trouvée ? Le capitaine, que vous connaissez probablement déjà par l'histoire d'Ewald , a ajouté tant de nou-

velles dettes à celles qu'il avait déjà du vivant de son père, que son château de Lentzthal va être vendu par ses créanciers. C'est un de mes amis, qui, ayant une somme considérable à réclamer, poursuit cette.affaire. Si vous voulez ajouter quelques milliers d'écus aux deux cent mille francs déjà offerts, je regarde cette acquisition comme terminée. Ewald connaît le produit de cette terre, et il pourra, ainsi que Lina, vous faire la description de sa délicieuse situation. »

Ewald, qui ignorait la ruine du comte, écoutait son beau-frère avec étonnement. « Dieu; quelle catastrophe ! s'écria-t-il, mais aussi quelle perspective ! O le meilleur des pères, il vous faudra acheter cette terre. Elle vaut bien deux cent quarante mille francs; et pour nous !... (ici il embrassa Lina) pour nous elle vaut une principauté : c'est le berceau de notre amour. — Je te comprends, mon cher Ewald, reprit Lina transportée de joie ; oui, cette perspective est celle d'un paradis ! Lentzthal pourra devenir l'asile de la comtesse qui naguères en a fait le nôtre. — C'est bien, ma fille, dit le père d'Ewald en l'embrassant. Je remets à votre frère mon pouvoir illimité ; mais il faut que le marché soit conclu avant votre retour de G***, car je vous destine Lentzthal pour dot.» Les deux amans partirent le lendemain pour G***, et quoique la mère de Lina fût préparée à la délicieuse scène du *revoir*, elle crut que son âme ne pourrait contenir la foule de sensations qu'elle éprouvait.

Pendant leur absence, l'activité d'Albert et un nouveau crime du ca-

pitaine, qui l'avait fait condamner
à une prison perpétuelle, accélérè-
rent la vente de Lentzthal.

A peine Ewald eût-il reçu la nouvelle de la conclusion du marché, qu'il
courut avec sa fiancée communiquer
leur projet favori à la comtesse. Ils
la trouvèrent plongée dans la plus
profonde douleur. Cependant, en
voyant entrer le jeune couple, une
lueur de plaisir se répandit sur sa
figure. Ils lui firent part de leur pro-
chaine union, en la priant de la bénir. « De tout mon cœur, répondit-
elle, je vous aime trop pour ne pas
désirer votre bonheur. Le mien eût
été de vous voir souvent à Lentzthal, si je ne devais le quitter sous
peu de jours. »

Ewald. J'espère que vous ne le
quitterez jamais.

La Comtesse. Vous ne savez

donc pas que la terre est vendue?

Ewald. Je le sais. Vous ne connaissez pas l'acquéreur?

La Comtesse. Pas encore; au surplus, son nom doit m'être tout-à-fait indifférent.

Ewald. Pas tant, Madame; l'acquéreur est mon père, et la terre est notre dot; si vous désirez notre bonheur, vous ne devez, vous ne pourrez la quitter.

Lina. Non, Madame, vous ne le pourrez pas. Vous mettrez le comble aux bienfaits dont vous nous avez déjà honorés, en choisissant pour votre demeure la partie du château que vous jugerez la plus commode, et en nous permettant d'être auprès de vous ce que nous étions autrefois.

La Comtesse pleura sur le sein de Lina. « Je rougirais, dit-elle, si j'hé-

sitais plus long-temps à accepter vos
offres. Oui, mes amis, nous allons
vivre ensemble. Cette idée rend mon
avenir plus serein ; je sais maintenant que j'exhalerai mon dernier
soupir dans le sein de l'amitié. »

Ewald et Lina revinrent de Lentzthal à G*** aussi joyeux que si la
comtesse les eût rendus propriétaires
de sa terre. Quelques jours après, ils
partirent avec leur mère pour Dresde, où on les attendait avec impatience. Leurs noces furent célébrées
sans faste et sans éclat ; aucun bal
bruyant ne profana l'auguste cérémonie ; aucun bâtard des Muses ne
troubla l'harmonie de la fête par les
sons discordans de la lyre. Au lieu
de cela, le vieux papa donna cinquante carolins au ministre pour les
distribuer à domicile aux pauvres de
la ville, et pareille somme pour ser-

vir de dot à deux honnêtes orphe-
lines auxquelles il ne manquait qu'un
peu d'argent pour devenir aussi heu-
reuses que les nouveaux époux. Huit
jours après on se mit en route pour
Lentzthal. L'heureuse Lina répandit
des larmes de joie dans les bras de
son ancienne bienfaitrice. L'amitié
que la comtesse portait aux enfans
ne tarda pas à s'étendre sur leurs res-
pectables parens; et l'intimité la plus
parfaite s'établit entre ces êtres si
dignes de s'entendre et de s'aimer.

Quand on veut augmenter la ga-
lerie des tableaux de l'amour et de
l'amitié par un tableau nouveau, il
faut pouvoir trouver des traits vifs
et saillans; autrement il vaut mieux
laisser tomber le rideau.

FIN DU CINQUIÈME VOLUME.

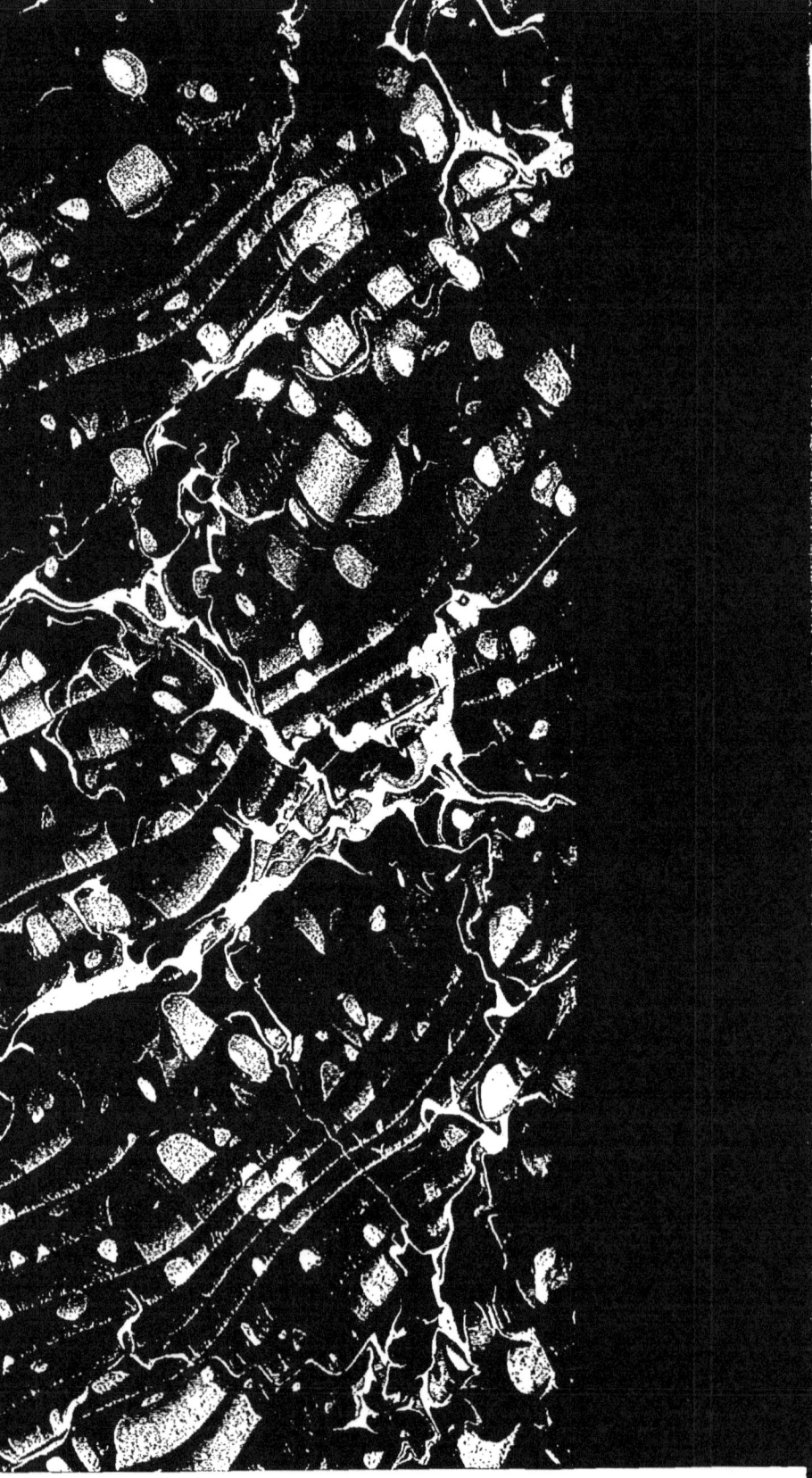

www.ingramcontent.com/pod-product-compliance
Lightning Source LLC
Chambersburg PA
CBHW070453030726
47503CB00004B/1022